愛されすぎだというけれど

Kazuya Nakahara
中原一也

CHARADE BUNKO

Illustration

奈良千春

CONTENTS

夏がやってくる。

じわりと汗が滲《にじ》む季節になると、むさ苦しい場所はますますオヤジの臭《にお》いでいっぱいになる。通常なら消毒薬の臭いがするはずだが、待合室はひしめき合う日雇い労働者のオヤジたちの体臭でむんとしていた。

診察室の方はまだ清潔を保っているが、ここが普通の診療所と違うというのは一目瞭然《りょうぜん》だ。

坂下《さかした》診療所。

日雇い労働者の集まるこの街にボランティアまがいの医者がやってきて、早くも一年半近くになろうとしている。

「手を動かしてみてください。違和感ないですか?」

「ああ、大丈夫だ」

診察室で斑目《まだらめ》の手の傷を診《み》ていた坂下は、思わず顔をほころばせていた。傷痕《きずあと》は生々しく残っているが、すっかり元通りと言っていいだろう。

「一時はどうなるかと思いましたけど、後遺症も残ってませんし、もう安心です」

「先生が優しく治療してくれたからなぁ」

目の前に座っている斑目は、そう言って坂下を見た。言い方がいやらしいと感じるのは、独特のしゃがれ声と意味深な視線のせいかもしれない。何かしてやろうと企《たくら》んでいそうな目は、いつでも坂下を戸惑わせるのだ。

惜しみなく晒《さら》される肉体美も、そう感じさせるのに一役買っている。

「あなたの腕がよかっただけですよ」

わざと冷たく言い放ったのは、絡みつく視線に胸が高鳴り始めたからだ。真《ま》っ昼間《ぴるま》の、しかもみんながまだ待合室にたむろしているこの場所では、斑目の誘うようなそれはあまりに危険すぎる。かといって、誰《だれ》もいないところでこんな視線を向けられるのも困りものだ。

虎視眈々《こしたんたん》と自分を狙《ねら》う男は、どんな状況下でも危険だということに変わりはない。

「もう二度とあんなのはゴメンですからね」

斑目が自らの手をメスで切ったのは、数週間ほど前のことだ。

もう一度組んで仕事をしたいという北原《きたはら》を追い返すために、斑目はとんでもない手段に出た。一歩間違えば、神経を傷つけて後遺症が残るようなことになっていただろう。

そうならなかったのは、斑目の飛び抜けた技術のおかげだが、運もよかった。

「俺の腕がよかったなんて、謙遜《けんそん》するなよ。そういうところが可愛《かわい》いから、愚息が反応しちまうんだ」

「その愚息ってのやめてください。まったく、下品なんだから」

「先生の嫌がる顔がまたいいんだよ。なー、双葉《ふたば》」

窓の外から診察室を見ていた双葉に同意を求めると、斑目の悪友はニコニコと笑いながらとんでもないことを言う。

「確かに先生ってS心をくすぐるっていうか……ほら、その眉間《みけん》の皺《しわ》がなんかこう……イタズラしたくなるんですよね～」

同じ年頃の若者より人生経験は多く積んでいそうな双葉だが、年下に「イタズラしたくなる」なんて言われたくはない。

坂下は無言のまま恨めしげな視線で双葉を見てから、目の前の不良オヤジにも同じ視線を向けてやった。

「わかったわかった。そんなに睨《にら》むなよ。ったく、真面目《まじめ》なんだから」

「あなたたちが不真面目すぎるんですよ」

「よし。じゃあ今度から愚息はやめて妖精さんと呼ぼう。お前は今日から『フェアリー・斑目』だ。な？」

斑目は自分の股間《こかん》に同意を求めた。

「あははは……。斑目さんの妖精って……なんかすげーメルヘンちっく～」

双葉が空を仰ぎ見るような格好で笑い声をあげる。

それを見た坂下は、頭を抱えた。

斑目は伝説の外科医と呼ばれるほどの腕を持っており、いざという時には頼りになる男だ。これまで何度も助けてもらった。精神的に斑目が支えになってくれたこともある。

しかし、いつもくだらない下ネタを口にして喜んでいる。その内容は中学生レベルだ。どうしてこうも次々と馬鹿馬鹿しいことが言えるのだろうと、不思議でならない。

「何が妖精さんですか。馬鹿なことばっかり言ってないで、治療が終わったんだからとっとと帰ってください」

冷たい態度で追い出そうとするが、二人は気にしちゃいない。

「そう言うなよ。フェアリー・斑目が冷たくしないでくれって先生を……」

「――やめてください！　ほら、出てって出てって！」

「おいおい、ちょっと待ってくれ」

犬でも追い払うように、いつまでも馬鹿なことを言って喜んでいる斑目を診察室から叩《たた》き出した。いちいち相手にしていては、身が持たない。

「次の方いますか～？」

坂下は、待合室を覗《のぞ》いて声をかけた。そこにはオヤジどもがたむろしているが、午前中の患者は斑目が最後らしい。誰からも返事はない。

用事がなくとも居座るのはいつものことだが、今日は少し様子が違っており、坂下はめずらしい光景を眺めながら溜《た》め息《いき》を漏らした。

普段は酒びたりのオヤジが顔を突き合わせて、あちらこちらでチンチロリンなどのギャンブルに興じる姿が見られるのだが、ここ数日は全員が必死でストレッチ運動をしているのだ。床に胡坐《あぐら》をかいて座り、汗を滲ませながら上体を前に倒して筋を伸ばしている。

オヤジどもがこぞってヨガ——なんてシュールな光景だろう。

「お。今日もやってるっすね～」

窓から入ってきた双葉が、待合室までやってきて仲間に入る。

しかし、ここの連中は健康のためにヨガにチャレンジしようなんて微塵《みじん》も思っちゃいない。動機は極めて不純なものだ。おまけに日頃の不摂生のせいか硬くなった躰《からだ》は、やる気はあるのかと言いたくなるほど曲がらず、ヨガをしているのかふざけて遊んでいるのか、よくわからない状態だった。

しかも、あちらこちらからなんともいえない呻《うめ》き声があがっており、まるで刑務官にしごかれる受刑者たちを見ているような気分でもある。

「せんせ～。簡単に躰が柔らかくなる方法ってないもんか～？」

目的が健全ならば親身になって聞いてやるのだが、その理由を知っている坂下はそんな気にならず、助けを乞《こ》う常連を冷たい視線で見下ろした。

「簡単にできることなんて、何もありません」

始まりは、三日前のことだ。

あるテレビ番組を見た一人の男が、びっくり人間というコーナーに出演していた男の話をした。男は軟体人間と呼ばれており、躰が異様に柔らかく、関節が外れてるんじゃないかと思うようなポーズも平気で取ったのだという。

ここで変な考えを思いつくのが、この街の連中だ。

軟体人間の話をしているうちに、そんなに躰が柔らかいなら前屈姿勢を取れば自分の股間に口が届くのではないかという話に発展した。

中学生の発想だ。

はじめこそ自分で自分のイチモツを咥《くわ》えるのかと非難轟々《ごうごう》だったが、言い合いをしているうちにチャレンジ精神を刺激されたらしく、それならやってみようなんて話になったのである。

その一部始終を見ていた坂下が呆《あき》れているうちにストレッチを開始し、競争心に火がついたオヤジどもは自家フェラチオなどという罰ゲームと言えなくもない恐ろしいことに挑み始めてしまった。

以来、ここに来るとみんなでストレッチをして躰を伸ばしている。

「なかなか柔らかくならんのー」

「俺は全然届かんぞー」

「俺もや！」

「うおー、もう駄目じゃ〜。攣《つ》るっ、太股《ふともも》が攣ってしまうっ！」

まさに阿鼻叫喚《あびきょうかん》。

それなら諦《あきら》めればいいのにと思うが、連中は一向にやめようとはしない。飽きるまで続けるだろうことは、わかっている。

「せやけど、こんなこと続けて本当に届くようになるんか〜？」

「お前んとは小さいけん届かんっちゃなかとや？」

「何言うてんねん。わしのはフランクフルト級やぞ！」

「ポークビッツのくせして」

ギャハハハハハ……、と笑い声があがった。

どこまでも能天気な街の連中が必死でストレッチをやるのを眺めながら、注意する気にもならずに腕を組んだままその様子をじっと見る。

「まったく、くだらないことばっかりやって……」

隣では、斑目が笑いを嚙《か》み殺しながら連中を見ていた。こちらは坂下とは違い、馬鹿なことをやる連中を好ましく思っているらしく、楽しそうだ。

坂下は前屈姿勢になって筋を伸ばしている男の一人に近づいていき、いきなり背中に座ってやった。

「ほら、がんばって！」

「ぐぇ！　せっ、せんせぇ！　ど、どいてくれ！　痛い、痛いっ！」

「ほらほら、そんなことじゃあ股間に届きませんよ」

言いながらさらに脚を組み、体重をぐっと載せて挑発してやる。

「こちとら、歳《とし》なんじゃ！　急にっ、できるわけっ、なかろうがっ！」

「じゃあ酒じゃなくて酢を飲みなさい。酢を！」

「何が酢じゃあ！」

「俺らから酒取ったら何が残るんや！」

「自分でしたいんでしょ。酢は躰が柔らかくなるって言いますからね」

「なんじゃや先生ぶりおって」

「一応医者だから先生ですぅー」

威張って言ってやると、途端にあちこちからブーイングが湧《わ》き上がる。しかし、罵《のの》りの言葉を軽く聞き流すくらいはできる。ここに来たばかりの頃は男たちの迫力に気圧《けお》されることもあったが、随分逞《たくま》しくなったものだと自分でも思う。

「これに懲りたら、どれだけ不摂生なのか自覚して少しは健康に気を使ってください」

そう言って立ち上がり、涙目になっている男の上から退《ど》いてやった。そして診察室に戻ろうとするが、その出入口に立ってこれまでのやりとりを眺めていた斑目と目が合う。

ここの男どもの中でもひときわ厄介な男を見て、すれ違いざま立ち止まって当てつけるよ

うにわざと流し目を送ってやる。

「斑目さんはストレッチしなくていいんですか～？」

いつも下ネタでからかわれているお返しだ。けれども、坂下のようなこわっぱが百戦錬磨の男に敵《かな》うはずがない。

「俺か？　俺は先生がしゃぶってくれるからいーんだよ」

耳元に唇を寄せられ、ビクッとした。色気のあるしゃがれ声に意味深に囁《ささや》かれて反応しないでいられるほど涸《か》れてはいない。微《かす》かに香る体臭も、幾度となく斑目と肌を合わせた坂下にとっては危険なものだ。

ニヤリと笑う斑目と目が合い、一瞬にして耳まで真っ赤になる。嫌味を言ったつもりが上手く返され、言葉が出なかった。

「ん？　どうした先生」

「なんでもないです」

坂下がこんなふうに動揺してしまうのは、斑目を口で愛した覚えがあるからだ。しかも、ごくごく最近のことで、あの行為は記憶に新しい。

「に、二度としませんよ！」

「お。ちゃんと覚えてやがったか」

「それは……っ」

「なんの話です〜？」

興味津々に二人の話に入ろうとする双葉を見て、慌てて話を中断して診察室に逃げ込もうとする。しかし、その時だった。

「先生っ、ちょっと診てくれっ！」

この空気を一掃するような切羽詰まった声に、坂下たちは一斉に診療所の玄関に注目した。運び込まれたのは、頭から血を流している男だ。

「マグロにやられた！」

マグロとは路上強盗のことを言い、飯場仕事でたんまり稼いできた連中が戻ってくる春頃から増え始め、夏が過ぎる頃まで街を騒がせる。しかし、こんな真っ昼間から行動するのはめずらしい。このところの不況のせいで、懐具合がよくない者が増えているのだろう。なりふり構っていられないといったところだろうか。

「中に運んでください」

そう言うと、ストレッチに勤しんでいたオヤジどもは道を開けて男を診察室に運び込む手伝いをする。この街の連中は特別な事情を抱えて流れてくる者も多く、団結なんて言葉とは無縁のようだが、一度心を許すと他人にも親身になってくれる。

この診療所を中心に、そんな優しい輪ができているのは明らかだった。

その日の夜。坂下は冷蔵庫の中から麦茶を出してコップについだ。

夜になっても気温は下がらず、部屋の中は蒸し暑くて少し動いただけでも汗が滲んでくる。窓を開けているが風は入ってこず、ときどきジジッという蟬《せみ》の声が飛び込んでくるだけだ。

坂下は、ちゃぶ台の前に座っている斑目の前にコップを置いた。

「どうぞ」

「おう、悪いな」

「すみませんね、手伝ってもらって。でも、助かりました」

「ま、あれじゃあしょうがねぇな」

言いながら、斑目は安物の麦茶に手を伸ばす。

あれから坂下は、運び込まれた男の傷を縫い、抗生物質と痛み止めの注射を打ってやった。頭ははっきりしているようで、入院の必要もなく特診の手続きだけさせて帰したのだが、夜八時を回ったところで再びマグロの被害者が三人も運ばれてきたのである。

話を聞きつけた斑目が様子を見にやってきたのだが、三人もの急患を前に忙しく立ち回る坂下を見て、手を貸してくれた。一番傷の酷《ひど》かった男を治療している間に、残りの二人の傷を斑目がさっさと縫ってくれたのは正直なところありがたかった。

この時間に斑目を二階の部屋に上げるのは危険な気がしたが、茶くらい出さなければ気が引ける。

「最近物騒ですよね」

「ああ」

男たちの話によると、公園でカップ酒を飲みながらつまみのスルメを齧《かじ》っていると、変な面を被《かぶ》った男たちが四、五人やってきて、いきなり襲ってきたのだという。そしてあっという間に持っていた金を奪われ、逃げられた。

身のこなしから、年齢はそう高くないというのはわかったらしいが、それ以上の手がかりはない。

「なんとかならないんでしょうか。警察もあまり親身にはなってくれないし」

「仕方ねぇだろう。ここの連中は協力的じゃないからな」

「お金まで取られてるのに、どうしてなんですかね」

「あいつらは国家権力が嫌いだからなぁ」

この街に集まる連中の中には、事情を抱えている人間が多いのだ。家族から逃げ、別の何かから逃げ、身を隠してひっそりと暮らしている。診療所にやってくる男たちは坂下にも心を許してくれているから忘れがちになるが、名前を聞くことすらこの街では歓迎されない。

気さくに話ができる間柄になっても、そう簡単に過去に触れてはいけないのだ。

立ち入るには、複雑な事情を抱えた人間が多すぎる。

「この街で生きていくなら、自衛するしかねぇんだよ」

いろいろなものを見てきただろう男は、静かに言った。

こういう時の斑目は、思慮深い目をしている。斑目自身、捨ててきた過去があるからなのかもしれない。

その横顔に見惚《みと》れてしまっていた坂下は、ハッとなって目を逸《そ》らした。しかし、今さらそんなことをしても遅い。

「なんだ?」

口許《くちもと》を緩ませる斑目を見て、危険を察する。

「別に……」

すっかり油断していた坂下はこの空気をなんとかしようとしてみたが、斑目の視線は既にその気になっていた。この男に少しでも隙《すき》を見せればおしまいだと幾度となく思い知らされているのに、何度も同じ間違いをする自分を叱咤《しった》しながらも、抗《あらが》えないのだとどこかでわかっている。

「な、なんですか」

「なんですかじゃねぇだろう。そんな熱い眼差《まなざ》しを向けられたら、スイッチが入っちまう」

「入れなくていいですよ!」

強い口調で言ったが、この男に一度火がついたら、あの行為をする以外に消すことは困難だとわかっていた。

自分の方が熱い眼差しをしているくせに……、と思いながらにじり寄ってくる斑目を見つめ返す。自分を喰《く》おうとする相手の挙動を監視するために睨んでいるつもりだが、振りまかれる牡《おす》のフェロモンに当てられ、くらくらしてくるのだ。

「先生……」

ゴク、と自分の喉《のど》が鳴る音を聞いた。

静まり返った部屋の中では、小さな音でも容易に拾うことができる。

斑目がにじり寄る時の畳の微かな軋《きし》み。衣擦《きぬず》れの音。そして、自分の息遣い。鼓動。

特に最後のは、とても厄介だ。どんなに抑えようとしても抑えられない。それどころか、斑目にも聞こえそうなほど、次第に大きくなっていく。

「ちょっと……っ、——っ！」

簡単に組み敷かれ、むんとする斑目の体臭に躰が熱くなるのを感じた。斑目の股間は既に反応しており、スラックスの上から押しつけられただけで心が濡《ぬ》れる。

このところバタバタしていたせいか、坂下も火がつきやすくなっているのは明らかだった。

理性の声など無視して、本能が斑目を欲して徐々に目覚めていく。

「物騒な事件のことは少し忘れて、俺とイイコトしよう」

「な、何が『イイコト』ですか……っ」

「な、しよう。先生」

斑目の吐息が耳朶《じだ》にかかり、ぞくぞくっとしたものが背中を這《は》い上がっていった。

「……っ」

唇を噛んで身を硬くすると、含み笑いを聞かされる。

「なんだ。ちゃ〜んと勃《た》ってるじゃねぇか」

「ま、斑目さんが……触るから……っ」

「俺が触る前から、勃ってたぞ」

「——ぁ……っ、……はぁ……っ」

やんわりと揉《も》みしだき始める斑目に、坂下はなす術《すべ》もなく身を差し出すしかなかった。無骨な手からは想像できないほど優しい手つきに、腰が蕩《とろ》けたようになってしまう。

オイルを染《し》み込ませた綿に炎が燃え広がるように、坂下の躰もすぐ火に包まれた。

メガネを外され、ちゃぶ台の上に置かれるのを視線で追う。黙ってされるがままになっているということは、この行為に同意していることだと他人事《ひとごと》のように思いながら観念した。

「俺がしゃぶってやるよ」

「え……、あ、……待……っ」

あっという間にスラックスのファスナーを下ろされ、すでに反応しているものを口に含まれ、坂下は戸惑わずにはいられなかった。

「ちょっと……っ、——ぁあ……っ」

手で斑目の頭を押し退《の》けようとするが、注がれる愉悦に勝てるはずがない。斑目の口の中は熱く、舌は巧みに弱い部分を攻め立ててくる。

あっという間に理性など吹き飛んでしまい、仰向《あおむ》けになったまま身を委《ゆだ》ねた。

「はぁ……っ、……ぁあ、……あ」

こうも簡単に堕《お》ちるなんて堪《こら》え性のない男だと思いながらも、さらに深く溺《おぼ》れていく。這い上がることのできないほど、深い場所にだ。

「なんだ、先生。とろとろじゃねぇか」

耳を塞《ふさ》ぎたくなるような言葉だが、斑目の声が坂下をいっそう昂《たか》ぶらせているのも事実だった。

「疲れてんだろう？　今日は俺が奉仕してやるよ」

「ぁあっ！」

再び口に含まれた瞬間、思わず大きく息を吸い込んだ。

くらくらするのは酸素を取り込みすぎたせいなのか、それとも斑目の愛撫《あいぶ》によるものなのか、よくわからない。

「ぁあ、あ、……はぁ……っ！」

奉仕することが悦《よろこ》びだというような丹念な愛撫を、躰を反り返らせながら味わった。貪欲《どんよく》になっていく自分を止められず、さらに欲する浅ましさを露呈してしまう。

「んぁ、……はぁ……っ、……んぁ、……斑目、さ……」

とても疲れているのに、感じてしまう自分が恨めしかった。いや、疲れているからこそ、感じてしまうのだ。飢えた獣が数日ぶりのごちそうに飛びつくように、坂下もまた、久々の行為を貪《むさぼ》ってしまう。

「あ！」

忍び込むようにして後ろに這わされた斑目の指先が、蕾《つぼみ》に触れた。

指は唾液《だえき》で濡れており、坂下の心も応《こた》えているが、そう簡単にはいかない。

「ぅ……っ、……っく、……ぅ……っく」

いつも、行為の始まりは固く閉じたままだ。斑目の逞しい男根を何度咥え込んでも、リセットされてしまったかのように異物の侵入を拒む。

「力抜いてくれ、先生」

「抜いてって……、言われても……」

「そんなに怖がったら、入んねぇだろうが」

「怖がってなんか……」

「そうか？」

苦笑しながら言われ、いつまでも身構えてしまうことに羞恥《しゅうち》を覚えた。年端もいかない初《う》心《ぶ》な少女でもあるまいし、なぜ慣れないのか——。

自分のことなのに、まったくわからない。

「いつも、先生のここは固いな」

「や、やめて……くださ……」

「本当のことだ。最初はいつも、まっさらな先生を抱いてる気分になるよ。でも、そのうち先生も大人だってことを、思い知らされる」

なんてことを言うんだと耳を塞ぎたくなるが、どんなに目を逸らそうとしても現実は変わらない。

はじめこそ斑目の指を拒んでいたものの、次第にほぐれていくのが自分でもわかる。一度そうなると、今度は急速に熟れていくのだ。

斑目のことが欲しいと、切実に訴え始める。

「ほら、少しずつ柔らかくなってきてやがる。……先生も大人の男だもんな」

耳元で囁かれ、わざとそんな言葉で煽《あお》られて唇を噛む。

「あ、あ、あっ」

奥に指先が届き、感じるところを刺激された。

「あっ！」

思いのほか大きな声が漏れ、思わず口を手で覆った。斑目が顔を上げ、嬉《うれ》しそうに言う。

「なんだ。よかったのか、先生」

「う……、っく、…………ふっ、……っ、……んぁ、んぁっ、――あっ」

指が二本に増やされ、ますます声が抑えられなくなってくる。鼻にかかった声は甘ったるくて、聞いていられない。

そして、押し寄せてくる愉悦の中、少し前に見た斑目の縫合手術のシーンが脳裏に浮かんだ。

坂下が一人目の縫合を終えた時、斑目は既に二人目の傷を縫っている最中だった。単にスピードが速いだけではなく、正確に美しく縫うことができると改めて思わされた。

外科医の立場の人間からすれば、まさに憧《あこが》れるべき存在だ。神の手と呼ばれた斑目の技術は、まったく衰えていない。行方《ゆくえ》をくらましていても、北原のように再び斑目と組んで手術をしたいと言う者が後を追ってくるくらいだ。

それなのに、神の手は、こんな淫《みだ》らなことをしてくれる。

「まだ、指だけだぞ」

ふいに言われ、自分が夢中になって斑目の指に集中していたことに気づかされる。

「そんなに感じてもらえると嬉しいぞ」

見透かしたような目で、斑目は言った。頭の中を覗くことができるわけでもないのに、自分が何を考えていたのか斑目にはお見通しな気がした。

「俺の指は、先生のもんだ」

「……っ」

「しゃぶり尽くしてぇなら、存分にしゃぶっていいぞ。先生」

奉仕すると言っていただけに、斑目は尽くすように坂下を愛撫した。けれども我儘《わがまま》な女王様さながらに扱われるのは、妙に恥ずかしい。

「斑目、さ……、も……、……」

「違うのが欲しいか？」

「……っ」

「こっちも、先生の中に入りたがってるがな」

なんて恥ずかしいことを言うのだろうと恨めしく思っていると、指をゆっくりと引き抜かれ、斑目の屹立《きつりつ》をあてがわれた。蕾に先端をねじ込まれ、徐々に拡《ひろ》げられていく。

「あっ、あっ、……っく、……ぁ……っ！」

「先生、もう少し、……力、抜いてくんねぇか」

ミリミリと押し入ってくる斑目の力強さに、激しい目眩《めまい》を覚えながら坂下は斑目を呑《の》み込んでいった。

「ぁあ、あ」

「——っく」

「あ、——ぁあ……っ！」

奥まで深々と収められ、無意識に斑目の背中に回した手に力を籠《こ》めてしまう。

「入ったぞ」

実況などしなくていいのに……、と思うが、斑目はやめない。坂下の状態がどんなか、自分がどんなふうに気持ちいいのか、すべて口にするのだ。

「いい具合になってきた」

「んぁ、あ、……はぁ……っ」

「先生の腹ん中で、俺のが動いてるのがわかるか？」

斑目がゆっくりと腰を前後に揺すり始めると、坂下は思わずその腰に手を回し、指を喰い込ませた。もっと深く欲しいのだと、もっと斑目を味わいたいのだと、無意識のうちに訴えてしまう。

「ここか？」

「あ！」

「先生、すげぇぞ」

やんわりと腰を回しながら自分を苛《さいな》む斑目が憎らしいが、既に逃れられないところまで来ている。

繋がった部分は熱く、むしゃぶりついているようにきつく収縮しているのがわかった。一度味わい始めると止まらない。自分が好き者で、喰らわずにはいられないのだと証明されているようで、羞恥と快楽の狭間《はざま》で揺れ続けるしかなかった。

「んぁ！」

剃《そ》り残された髭《ひげ》が首筋に当たり、男に抱かれているのだと強く感じた。同じ男なのに、斑目との違いを見せつけられながら抱かれるのは、いっそう感度をよくする。

「どうした？」

「なん、でも……っ、……ぁ……っ、あっ！」

「これか？」

斑目はわざと髭が当たるように首筋を愛撫してくる。唇で肌をついばみ、軽く押しつけるようにして男であることを誇示してみせるのだ。

「先生、……はぁ……、先生……っ」

斑目の息遣いが、獣じみたものへと変化していく。けれども、これを耳元で聞かされるのは嫌いではなかった。自分だけ発情しているのではないとわかるからだ。

斑目の荒っぽい息を聞かされながら、坂下もさらに気持ちを昂ぶらせてしまう。

「んぁ、ぁ……、……はぁ……っ」

「……暑いな」

斑目はそう言ったかと思うと、勢いよくシャツを脱いだ。

汗ばんだ肌から漂う体臭はさらに濃くなり、坂下を酔わせる。匂いに反応して欲情する自分をどうすることもできず、獣のようなセックスに溺れていった。

「今日は、そう、簡単に……っ、達《い》かねぇから、……覚悟しろ」

坂下を見下ろしながらそんなことを言う斑目を見て、甘い期待を抱いてしまう己の浅ましさを痛感する。

日頃から肉体労働で鍛えられているからか、斑目の躰は同じ男から見ても美しかった。引き締まった腕や厚い胸板。そして、そこに浮かんだ汗。流れ落ちる汗も、肉体美を引き立たせるものでしかない。

絶賛の言葉しか浮かばなかった。

見せるためのものではなく、使うための筋肉は媚《こ》びておらず、しかしながら見る者を魅了する。欲しいと望み、肉体を鍛えたからといって誰もが手に入れられるものでもない。

「先生……」

耳元で何度も呼ばれながら、坂下は罪の味を深く思い知るのだった。

翌朝、坂下が目を覚ますと斑目は既に仕事を斡旋《あっせん》してもらうために出かけており、布団《ふとん》には一人だった。体温は残っていないが、心地《ここち》好い疲労が昨夜《ゆうべ》のことが夢ではなかったと証明している。

そして、明け方過ぎに耳元で囁かれた言葉が蘇《よみがえ》ってきて、一人赤くなった。

『昨日は天国だったぞ、先生。またしような』

こんな色気のない部屋で、無精髭を生やした男があんな台詞《せりふ》を残して出ていくなんてさすがだった。絶対に似合いっこないような台詞でも、意外に似合ってしまうのが不思議でならない。

しかも、夢見心地で聞くとうっとりとしてしまうから困りものだ。

思わず「はい」と素直に頷《うなず》いてしまったことを思い出して、次に斑目に会った時にどんな顔をしたらいいのかと思い、少し複雑だった。

「はぁ。今日もがんばろう」

メガネを中指で押し上げながら自分に言い聞かせ、粥《かゆ》を作った。漬物で軽く朝食を済ませてから、下に降りて診療所を開ける準備をする。

運よく仕事にありつけた連中は早くとも午後三時頃からでないと顔を出さないが、あと一時間ほどであぶれた人間が集まってくる。今日もストレッチ大会が始まるのかと思うと頭が痛いが、目的がなんであれ結果的に健康に繋がることなら大目に見るかと諦めの境地に達している。

スリッパを拭《ふ》き上げ、ボロボロの長椅子《ながいす》も拭き、床を掃いてから窓を拭いているところで今日最初の客が現れた。

患者ではない。暇つぶしにやってきた男である。

「あー、今日も仕事にありつけんかった。最近は不景気でいかんのー」

「おはようございます」

「おう、おはよー先生」

拭き上げたばかりのスリッパに男が足を突っ込むのと同時に、二人目の客が現れる。そしてすぐに三人目がやってきたかと思うと、次々にオヤジたちが集まってきて待合室はあっという間にむさくるしい空間になってしまった。

「仕事ねーかなぁ」

「今度、デカい現場があるっちゅー話やぞ」

「ほんまか？　一気に稼ぎてぇなぁ」

「稼いで可愛いねーちゃんはべらせてーなぁ。おっぱいの大きいとに胸をキューンとさせられてぇもんだ」

「何がキューンじゃ。お前のキューンはチンコが縮こまるキューンじゃろうが」

ガヤガヤと騒がしい中に、ギャハハハハ……、と笑い声があがる。

男どもが、わざと陽気に振る舞っているのはなんとなくわかっていた。このところ立て続けにマグロ被害が出ているため、暗くなりがちな気分をなんとかしようとしているのだ。

意外に優しい男たちを微笑《ほほえ》ましく思いながら、坂下は診察室に籠もってカルテを整理したり残高の少ない通帳と向き合って電卓を叩いたりした。

時折あがる大きな笑い声に、心が和む。

その日は、比較的ゆっくりと過ごすことができた。マグロ被害で運ばれてくる者もおらず、男どもは待合室でストレッチをやって遊んでいる。双葉と斑目は夕方頃にやってきて、いつものように診察室の窓の下に座って下ネタで騒いで坂下をからかった。

もちろん、昨夜《ゆうべ》の二人の秘密を仄《ほの》めかして、坂下を焦らせることも斑目は忘れない。

相変わらずフェアリーだのなんだの言って喜ぶ悪友二人組に呆れるが、窓から腕を出してタバコを吸いながらそんな斑目たちと会話を交わすのも悪くはない。

本当に平和な日だった。

何事もなく、ずっとこんな毎日だといいと願いたくなるような理想的な日だ。特別な幸運が訪れるわけでも、記念として強烈に記憶に残るわけでもないが、こんな名前のつけられない日々が本当に大事なのだと思えてくる。

そんな坂下のもとにめずらしい客が来たのは、その日の夜のことだった。

「こんばんは～。せんせ～いるか～？」

野太い声がして、二階で早めの夕飯を食べようと冷蔵庫を覗いていた坂下は急いで下に降りていった。出入口のところには、発泡スチロールの箱と大きな買い物袋を抱えた体格のいい男の姿がある。

「あ！」

坂下は思わず声をあげた。そして満面の笑みで駆け寄り、ほぼ一年ぶりに見る顔に声を弾ませる。

「小川《おがわ》さん。お久し振りです。元気にしてましたか？」

「元気も元気。絶好調だよ。先生も元気だったか？」

「もちろんです」

「今日は仕事が早く終わってな、先生元気かと思ってちょっと寄ってみたんだ。迷惑じゃなかったか～？」

「とんでもない。来てくれるなんて嬉しいですよ」

坂下はそう言って小川を中に招いた。

小川は、一年近く前までこの街にいた日雇い労働者だ。歳は今年で四十三。日焼けした肌と筋肉質の躰。てっぺんが少々薄くなり始めた頭はスポーツ刈りにしており、いかにも肉体労働者といった感じだ。下は安くて丈夫な作業ズボンで、上は洗濯で少しよれてしまったTシャツを着ている。

垂れ目で優しい印象があるが、小川が街にいた頃はもう少しすさんだ印象だった。あの頃とギャップがあるのは、充実した生活を送っているおかげだろう。

言われずとも、生き生きした目がこの街を出てからの小川が順調に人生を歩んでいると告げている。

「先生に土産《みやげ》持ってきたぞ。ほら」

「わ、ありがとうございます。なんですか？」

手渡された袋の中には、ワカメやかつお節などの乾物と魚の干物、そして洗剤や石鹸《せっけん》などの生活必需品が入っていた。さらに発泡スチロールの箱には、氷と一緒にタラバガニが詰め込まれている。

診療所の経営が苦しいため、坂下の生活を心配して持ってきてくれたのだ。

出会ったばかりの頃は警戒心剝《む》き出しでなかなか心を開いてくれなかっただけに、こういった気遣いをしてくれるようになったことがすごく嬉しい。

「すごい。こんなにいいんですか？」

「先生には栄養つけてもらわんとなー。昔の俺みたいなのがごろごろおるなら、そいつらのためにもがんばってもらいてぇんだよ。先生が特診扱いで治療をしてくれたおかげで、俺はまともな生活を手に入れることができたんだから」

感謝の言葉を口にされ、照れ臭いようなむず痒《がゆ》い気持ちになった。けれども、こんなふうに言ってもらえると、自分がしてきたことが間違いではなかったと思えてくる。

　壮絶な人生を送ってきた男たちを見ていると、自分は本当の苦労を知らない甘ちゃんだと思う時もあるが、こんな経験不足の若造でも役に立つことはある。

「小川さんが這い上がることができたのは、小川さん本人の努力の賜《たまもの》ですよ。俺はちょっと手を貸しただけです」

「謙虚だなぁ。先生みたいなのがおらんかったら、俺はまだこの街にいたぞ」

「そんなこと」

「あるんだよ。躰壊してここに連れてこられた時は、やけくそやった。日雇いは躰壊したら一巻の終わりだからな。医者なんぞ信用ならんとも思っとったし。でも、本人が自分なんかどうなってもいいいっつってんのに、先生は一生懸命治療して、治してくれた。そんな姿見てっと素直な気持ちになってきて、自分を大事にしろって言われて、そうしなきゃなんねぇって思ったんだ」

「小川さん……」

「先生は仏さんみたいな男だな」

　仏さんと言われて、思わず破顔する。

「仏様って、亡くなった人のことなんじゃないですか？」

「じゃあ、観音様だ。みんなに手を差し伸べるから、千手観音《せんじゅかんのん》ってとこか？」

「嬉しいですけど、俺みたいな未熟者を千手観音にたとえるなんて、観音様に失礼じゃないですか？　罰が当たりそうなんですけど」

「先生みたいなお人好しに罰を与えるような観音様は偽物だ」

何を言っても褒め言葉しか口にしない小川に、さすがにいたたまれなくなってきて顔も熱くなってきた。面と向かって褒められるのは、あまり得意ではない。

「じゃあ、俺はこれで帰るな」

「え、もうですか？　一緒に夕飯でもどうです？　俺に奢《おご》らせてください」

「いいよいいよ。先生金ねーんだし」

「食材をたくさん貰《もら》ったから、しばらく食費が浮くし大丈夫ですよ」

「え、そうか？」

「はい。準備しますんで、ちょっと待っててくださいね。勝手に帰らないでくださいよ」

いつも金欠がちな坂下を気遣ってすぐに帰ろうとする小川に念を押し、急いで戸締りをした。そして小川を連れて角打ちに向かう。汚いところだが味はよく、狭い店内はいつも日雇い労働者のオヤジでいっぱいだ。

小川もよくここに来ていたらしく、懐かしいと言って目を細めた。それを見て、少々強引だったが誘ってよかったと思う。

「こんばんはー」

昔ながらのガラスの引き戸は開けっぱなしにして風が通るようにしてあるが、中はタバコや食べ物の匂いが充満していた。ワット数の小さい電球は店内を薄暗く照らしており、さまざまな生活臭と相まって、今が平成であることを忘れてしまいそうだ。

時代に取り残されたような空間だが、坂下にとっては愛着を感じる場所である。天井の染みやくすんだガラスがいとおしく思える。

「お。小川じゃねぇか。先生もどうした」

カウンターには斑目と双葉がいて、二人して皿に盛った煮物をつついているところだった。

「お〜、斑目やないか。双葉も元気そうやなぁ」

二人の横に並ぶ小川に続き、坂下もさらにその隣に並ぶ。

「調子はどうだ？　アパート暮らしってのはいいだろうな」

「ああ。オンボロだが、そこそこいい暮らしさせてもらってるよ」

「仕事の方は順調っすか？　長距離走ってるんでしたよね」

「ああ。最近はほら、ネット通販なんてのが盛んだからな、長距離トラックの運転手ってのは結構人手不足なんだよ。体力勝負の仕事だから若いもんは続かない奴が多いし、高齢化しててよぉ。でもそのぶん、稼げるんだ」

「へー」

「貯金も少しずつしてるんだぞ。貯金だぞ、貯金。ここにいた頃は、宵越しの金なんか持たなかったんだがなぁ。俺も成長しただろう?」

嬉しそうに自分の生活ぶりを話す小川を見て、双葉たちにとっていい刺激になるのではないかと思った。

やはり、定職について自分のねぐらを持つべきだ。

それは斑目も同じで、医者に戻らずともいつかは終《つい》の住処《すみか》になる場所を見つけるのが本人のためだと思っている。心を開いてくれた街の連中が自分を慕って診療所に来てくれるのは嬉しいが、これはひと時の儚《はかな》い夢でもある。

人は誰もが年老い、衰え、死んでいく。

躰が丈夫なうちはいいが、病気一つで生活の基盤が崩れてしまう状態だということを忘れてはいけない。薄氷の上に立っているのと同じだ。

坂下がこの街に来たばかりの頃、羊羹《ようかん》と酒を手によく遊びに来ていたおっちゃんのことを思い出してますますその思いは強くなる。あの時のように、むざむざと路上で死なせたくはない。できるのなら、この掃きだめから一日でも早く抜け出すべきだ。

同時に、「いつかは……」と考えると、なぜか寂しさのような感情が湧き上がるのも事実だった。

「どうした、先生」

「え? ……いえ、なんでも」

斑目に声をかけられ、ぼんやりしていた坂下は我に返った。感傷的な気分になるなんてどうかしていると嗤《わら》い、焼酎《しようちゆう》を一気に流し込む。

「もしかしたら、俺の隣じゃないのがご不満か？」

「そんなわけないでしょう。寝言は寝てからどーぞ」

「先生も相変わらずだな。斑目たちも全然変わらんけどなー」

それから、二時間ほどみんなで飲んだだろうか。小川がおもむろに時計を見て箸《はし》を置いた。

「お。もうこんな時間だ」

「もう帰るのか？」

「ああ。明日仕事なんだよ。正社員ってのは、気まぐれで仕事休めねぇからな」

「そりゃそうだ」

「先生、ごちそーさん。先生に近況報告ができてよかったよ」

「こちらこそ。お土産までたくさんいただいて。また時間ができたら遊びに来てくださいね」

「おー。また土産持ってくるよー。次は鮭《しやけ》でもどーんとな」

店の外まで見送りに出た坂下は、手を振りながらご機嫌な様子で駅へと向かう小川をいつまでも見ていた。他人の過去に踏み込まない。他人に興味を示さない——それが暗黙の了解になっている労働者街で、街を出た人間が昔を懐かしんでこんなふうに訪ねてきてくれることが、嬉しくてならない。

けれども、そんな坂下を地の底に突き落とすような事件が起きるのだった。


「先生大変だ！」

男の声が闇《やみ》を引き裂いたのは、小川と店の前で別れて角打ちから帰ってきた坂下が、シャワーを浴びて寝床につこうとしている時だった。

慌てて下に降りていって鍵《かぎ》を開けると、人を肩に担ぎ上げた斑目が入ってくる。

「小川さん……っ！」

斑目に運ばれてきたのは、一時間ほど前まで一緒に飲んでいた小川だった。頭から血を流し、腕を庇《かば》うような格好で苦痛の表情を浮かべている。

「どうしたんですか？」

「男が倒れてるって聞いて飛んでいったら、このありさまだ。骨折もしてるかもしれん。レントゲンの準備を頼む」

「はい」

坂下は急いで診察室に向かうと、電気のスイッチを入れた。真っ暗な診察室が蛍光灯の白い光に照らされ、眩《まぶ》しさに思わず目を細める。斑目が小川を中へ運び、診察台の上に載せた。

「う……っ」

鈍器のようなもので殴られているようで、後頭部がざっくりと切れており、急いで清潔な布を当てて止血した。意識ははっきりしているようだが、場所が場所なだけに安心できない。

「大丈夫ですか？」

「ああ、すまねぇ」

「何があったんです？」

「いきなり……っ、後ろから、殴られた」

痛むのだろう。しきりに顔をしかめている。

後頭部の傷はかなり深く、数針縫う必要があり、腕の骨も折れていた。

精密検査を受けさせた方がいいと判断した坂下は、大きな病院に連絡を取って小川を受け入れてくれるところを探した。幸い社会保険に加入していたため、運よくすぐに受け入れ先の病院が見つかり、タクシーを呼んで病院まで送り届ける。

検査は明日の朝一番でしてくれることになり、入院することとなった小川を看護師たちに任せて斑目と二人で戻ってくる。

「大丈夫か、先生」

「ええ」

診療所に戻った坂下は二階に行く気力もなく、待合室のソファーに腰を下ろした。一度そうすると、立ち上がれなくなる。ようやく這い上がることができた人間にどうしてこんなことが起きるのか、誰かに答えて欲しかった。

「……マグロだな」

斑目は静かに言った。顔を上げると、真剣な目で自分を見下ろす斑目の視線とぶつかる。なんてことだと気落ちするあまり返事ができずにいる坂下の隣に、斑目はゆっくりと腰を下ろした。

「俺が……夕飯になんて誘ったから……」

零《こぼ》れたのは、そんな台詞だった。

小川のケガが完治するまでは、一ヶ月近くかかるだろう。後頭部の打撲により、なんらかの問題が出てくれれば、それ以上になるかもしれない。

小川は、長距離を走るトラックの運転手だ。重い荷物を運ぶことが避けられない仕事で骨折なんてしてしまえば、仕事は休まなければならないのはわかっている。

もし、会社をクビになどなったらと思うと、責任を感じずにはいられなかった。

「先生のせいじゃねぇだろうが」

「でも、小川さんはすぐに帰ろうとしてたんです。それを俺が引きとめて、夕飯でもなんて言ったから」

「先生のせいじゃない」

「あの時、そのまま帰らせていれば、こんなことには……」

「おい」

いい加減やめろ、と視線で叱《しか》られ、溜め息をついた。どんなに自分を責めても、小川のケガは治らない。

「そうですね」

何度も頷き、自分を納得させようとする。けれどもやはり、心の奥では責任を感じてしまうのをどうすることもできなかった。発砲スチロールの箱を抱えてやってきて、嬉しそうに自分の生活を語る小川を思い出し、土下座をして謝りたいような気さえしてくる。

今の生活がどれだけ大事なのかは、小川の発する言葉からだけでなく、生き生きした目つきからもよくわかった。一度地の底まで堕ちた生活を続けていた男が、ごくありふれた日常を手に入れることができたのだ。

貯金もしていると言った時の表情――。

そんな日常が今、危険に晒されている。

「まだ責めてんのか？」

「いえ、大丈夫ですよ。俺のせいなんかじゃないです。わかってます」

そう言うが、斑目を誤魔化《ごまか》すことなどできないのだとわかっていた。いつまでも落ち込んでしまう自分をどうすることもできない。

「大丈夫だよ。あいつはそう簡単に今の生活を捨てるような奴じゃない。またこの街に戻ってくるようなことはないさ。きっとな」

「そうですね。俺が落ち込んでも結果は変わらないんだし。そんな暇があったら、小川さんの力になれることをした方がいいですね」

「わかってんじゃねぇか。先生も逞しくなったな。ったく、先生が元気ねーと、俺のフェアリーも心配でおちおち眠れねぇよ。な?」

　自分の股間に向かって話しかける斑目を見て、わざと眉間に皺を寄せてみせる。

「何がフェアリーですか」

　こんな時にまで下ネタを口にする男に冷たく言うが、何度もこんなふうに慰められてきた坂下は、胸が暖かくなるのを感じた。くだらない会話で気分が紛れることも多く、落ち込むよりもっと有意義なことがあると気づかされるのだ。

「そんな呼び方やめてくださいよ」

「俺は気に入ってんだがな」

「俺は嫌です」

「じゃあ、キャノン・斑目はどうだ?」

　坂下の頭の中に、斑目の股間がパーティーなどで使われるキャノン砲になっている映像が浮かび上がった。それはパン、という破裂音とともに先端から色とりどりのテープを放出する。馬鹿なことを想像してしまい、頭が痛くなった。

「あのねぇ。いい加減に変なことばかり言うのはやめてください」

「お。もしかしてキャノン・斑目が気に入ったのか？　正義の味方っ、キャノン斑目参上！　とぅ！」

斑目は子供が大好きな正義のヒーローのようなポーズを取ってみせる。

「そんなわけないでしょう！　あーもう、とっとと帰ってくださいよ！」

声を荒らげて怒ると、斑目は逃げるように出入口に走った。しかし、一度立ち止まって振り返ったかと思うと、軽く笑いながら坂下を指差す。

「先生はそっちの方がいいぞ」

じゃあな、と最後に言ってから姿を消す斑目を見て一瞬言葉を奪われ、そして坂下は口許を緩めた。不意をつかれるように、斑目のよさを思い知らされることがある。

今がまさにその時だ。

ふざけているが、いつも自分を見守ってくれているのだと気づかされる。懐の深い男なんだと思い知らされる。絶対勝てない相手。けれども、勝たなくていい相手だ。

坂下は待合室を見渡し、ここに集まる連中の姿を思い出して、もっと強くならなければと思った。

小川の事件があってから二週間。

坂下は、入院中の小川を見舞ってから、ホームレスたちの様子を見るために街を歩いていた。声をかけてから段ボールハウスを覗き、具合が悪くはないか、調子がおかしいと思うことはないかと聞いて回る。

数日食べてないという者がいれば、お金を少し渡すこともあった。

この頃は、若いホームレスの姿も目立つようになった。職を失い、貯金も使い果たして家賃を払えなくなった男が流れてくるのだ。こんな状態では、治安はますます悪くなる一方だ。そして、弱い老人が被害に遭ったりする。

「じゃあ、また来ますから。診療所にもときどき来てくださいねー」

「は〜い」

ここのホームレスは、返事だけはいい。腰痛持ちで痩《や》せこけた老人は、一度も自分から診療所に来たことはないが、坂下が来ると嬉しそうな顔をする。

「そろそろ戻るかな」

一通り様子を見終わった坂下はタバコに火をつけ、ポケットに手を突っ込んで診療所の方へ歩き出した。夜空を見ながら、小川が入院している病院でのことを思い出す。

精密検査の結果は特に問題はなく、小川も思いのほか元気で、逆に責任を感じている坂下を気遣ってくれたほどだ。会社をクビになることもなく、しっかり治してから出てくるよう言われたのだという。

別れ際、こういうこともあると笑い飛ばしていた小川の顔が浮かび、少しだけ胸が軽くなった。自分のことはいいから、街の人間のためにがんばってくれと言う小川の心強い言葉が今でも耳にはっきりと残っている。

「不幸中の幸いだったな」

後遺症が残るケガでなかったことが、救いだったと思う。

その時、人の気配を感じて坂下は歩きながらゆっくりと振り返ってみた。すると、十数メートル後ろに男がいる。けれども、顔は確認できない。

外灯もあまりないこの街ではよくあることだが、様子がいつもと違った。酒を飲むでもなく、座り込むでもなく、ただ立っているだけなのだ。しかも、よく目を凝らして見てみると、どうやら身なりはそう悪くないように見える。

この街の男たちとは、違う雰囲気。

もしや、あれが先日小川を襲ったマグロなのかと、緊張が走る。

（どうしよう……）

小川を襲った相手なら何がなんでも捕まえたかったが、これまで被害に遭った人たちのケガの状態からすると、坂下一人でどうこうなるものではない。

周りに人気《ひとけ》はまったくなく、猫の子一匹いなかった。角打ちなど店がある一帯なら人の姿も見られるが、仕事にありつくために早くから起き出して手配師のところに向かう男たちは、意外に早く床につく。

坂下は、背後の様子に気をつけながらチャンスを窺《うかが》った。その時だと判断すると、角を曲がって走り出す。

「──っ!」

追いかけてくる足音が複数だとわかり、坂下はゾッとした。ここで襲われれば、ひとたまりもない。細い路地を右へ左へと走り、なんとか相手をまこうとする。

「──ぅわ……っ」

何かに足を取られて転倒した。

起き上がって振り返ると、すでに数人の男に取り囲まれている。頭には面のような物を被っており、人相はまったくわからなかった。しかも、手には鉄パイプ。

二段式警棒のようなものを握っている者もいる。

「金持ってんだろう? 出せよ」

「……っ」

声が、明らかに子供だった。まだ十七、十八といったところだろう。

高校生の少年たちがホームレスを殴り、息のあるうちに火をつけた事件のことが脳裏をよぎった。しかし、首からかけてあるホイッスルの存在を思い出す。

「待ってください。お金はありますから、助けて……っ」

坂下は、わざと怯《おび》えた声をあげた。それがよかったのか、ほんのちょっとしたきっかけで襲ってきそうな少年たちから、明らかな油断が見て取れる。

坂下が金を出すと思い込んだ少年たちを欺《あざむ》くのはそう難しいことではなく、ずれたメガネの位置を両手で直してから財布を探すふりをした。

そして、首にかけていたホイッスルを取り出して思いきり吹く。

「てめぇ！」

鉄パイプを振りかざした少年の股間を思いきり蹴《け》り上げ、怯《ひる》んだ隙にその横をすり抜けて逃げる。

「待て……っ」

走りながら何度もホイッスルを鳴らした。斑目たちが泊まっている宿はどこかわからないが、大体の場所なら見当はつく。しばらく少年たちは坂下を追いかけていたが、このまま人目につけば自分たちの方が危険だと悟ったらしく、足を止めて坂下の追跡を諦めた。

「逃げるぞ！」

そんな声が聞こえてきたかと思うと、運よく角打ちのある方から人影が現れる。しかも、路地から出てきたのは、夜道は危険だと言ってこのホイッスルをくれた張本人だ。

「先生、どうした！」

「斑目さんっ、路上強盗です！」

「なんじゃとーっ！　マグロが出たってか！」

診療所にときどき顔を出す馴染《なじ》みの男も出てきて、大声でマグロマグロと叫び出す。すると同じ方向から六人ほど姿を現し、さらに別の宿のある方からも人が出てきて大騒ぎとなった。

「てめーらがマグロかぁ！」

「ふざけやがって！　捕まえろ！」

あっという間に形勢逆転だった。逃げようとする少年たちを、大勢の男たちが取り囲んで襲いかかる。そうしている間に、一人、また一人と街の連中が宿から出てきた。

「顔見せろや」

面をはがし取ると、まだ幼さの抜けない顔が出てくる。

「放せ……っ」

「何が『放せ』じゃ、こんくそガキ！」

「うるせーっ、放せっつってんだよ！」

必死で抵抗して逃げようとする少年たちと、それを取り押さえようとする男どもが路上のあちこちで格闘している。最近の高校生は体格がよく、体力もあるため、男たちも必死だ。

頭に血が上ったのか、少年を殴り始める者まで出てくる。

「何してるんです！　もういいでしょう！　暴力はやめてください！」

「おい。お前らもうやめろ！」

坂下たちの声に我に返ったのか、少年を殴っていた男はすぐにやめたが、押さえ込まれていた別の少年が呻き声をあげているのに坂下は気づいた。地面にうずくまり、脂汗を滲ませながら苦痛の表情を浮かべている。

急いで様子を見ると、肩を脱臼《だっきゅう》していた。

「誰です、こんな乱暴なことをしたのは！」

「知るか！　そのくらいせなわからんぞ！」

「そうじゃそうじゃ」

「ぶっ殺されても仕方ねぇ」

「もっと思い知らせてやりゃいいんじゃ！」

気の荒い男たちは口々にそう言い、さすがに少年たちの顔色も変わってくる。

「そんなことは俺が許しませんよ。ちゃんと警察に引き渡します。仕返しに殴る蹴るするなんて、路上強盗を働くのと同じじゃないですか。同じところに堕ちてどうするんです」

坂下が本気で怒ると、さすがにそれ以上手を出す者はいなかったが、少年たちはすっかり怯えてしまっていた。これが強盗なんて真似《まね》をした人間とは思えず、そのギャップに驚きを隠せない。

「先生、警察に通報するぞ」

「はい」

斑目に促され、坂下はすぐに警察に来てもらった。脱臼した少年は坂下が応急処置をしたが、一度整形外科の診断を受けるよう言って警察に引き渡す。そして警察署に移動してからそれぞれ事情聴取を受けたのだが、一時間ほど経《た》っただろうか。

比較的静かな警察署に、いきなり金切り声が響いた。

「誠一《せいいち》っ。誠一っ！」

「お母さん、落ち着いて」

どうやら少年の母親がやってきたらしく、すごい勢いで中まで入ってくる。彼女は警察官と二、三言葉を交わし、坂下が被害者だとわかるなり脇目《わきめ》も振らずに向かってくる。

「あなたねっ、うちの誠一を警察に突き出した医者っていうのはっ！」

「え……」

てっきり謝罪されるのかと思っていたが、坂下が加害者だと言わんばかりだ。

「うちの子の将来を滅茶苦茶《めちゃくちゃ》にするつもりっ？　子供のしたことでしょう！　それを大の大

人がよってたかって責め立ててケガまでさせるなんて、この野蛮人っ！」

あまりの言いように、開いた口が塞がらなかった。

モンスターペアレントという言葉を聞くようになってから、どのくらい経つだろう。非常識な親の話は面白おかしくテレビでも取り上げられ、コメンテーターや芸能人たちが顔をしかめて意気揚々《いきようよう》と非難しているが、実際に目にしたことはなかった。

けれども、坂下に詰め寄っているのは、まさしくモンスター化した親の姿だった。

「未熟な未成年を大人が見守ってやらなくてどうするんですっ？　警察も警察だわよ！」

「でもお母さん、あなたの息子《むすこ》さんがこの方に対してしたことは……」

「お黙りなさい！　あなた、若いけど子供いるの？　いないでしょう？　だったら子供のことなんかわからないわよね？」

「いや、確かに僕は子供はいませんが」

あまりの迫力に気圧されて反論の一つもできず、坂下は警察官と母親のやりとりを見ていた。すると、場所がないため刑事課の隅に集められていた街の男どもがわらわらと集まってきて、彼女を取り囲む。

「なんじゃ！　ガキならなんでもしてよかとかぁ！」

「お前のガキが悪さして回りよったんぞ！　なんかその言い方はぁ！」

「ぶっ殺すぞクソババァ！」

「犯されたいんかぁ！」

坂下でも驚くほどの迫力だ。まだ若い警察官はどうしていいのかわからない様子で、街の連中を宥《なだ》めるだけだ。

「おい、お前らやめろ」

見かねた斑目が割って入るが、街の男たちに対する彼女の罵りはエスカレートする。

「そんなことだから野蛮人だと言われるのよ。人生の落伍者《らくごしゃ》のくせにっ！」

「落伍者とはなんじゃ！」

「おい、やめろっつってんのがわかんねぇのか」

「斑目ぇ、お前はどっちの味方なんじゃ！」

「あなたたちみたいな日雇い労働者が集まってくるから、治安の悪い場所ができるのよ。怖くて近づくこともできないわ！　社会の迷惑なのよっ！」

「その街に自分から来たのは、お前んとこのガキやないかいっ！」

「子供の好奇心を抑えられるわけがないじゃない！」

滅茶苦茶だった。

坂下ですら平手打ちの一つでもしたくなるような母親を相手に、街の男どもが冷静に話ができるはずがない。斑目の声も届かず、署内は手をつけられない状態になっていった。

しかも少年の母親も少しも怯まず、それどころか男どもの神経を逆撫《さかな》ですることを言う。

「社会のゴミのくせに！」

「──っ！」

その言葉を聞いた時、坂下はカッとなり、彼女を威嚇する男どもをかき分けて前に出た。

「ちょっとあなたねぇ！　自分の子供が犯罪をやらかしても何も思わないんですか！　先日も事件があったんですよ！」

「んまぁ、それもうちの息子がやったって言うのっ！」

「さぁどうでしょうね！　でも、夏休みに入る頃から路上強盗が増えたことは事実です。俺があなたの息子さんたちに襲われたのも紛れもない事実なんですから、他《ほか》の事件に関与してないか、警察にしっかり取り調べてもらいますからね！」

「うちの誠一がそんなことするわけないでしょ！」

「うるさい！　自分の息子がしたことを棚に上げて何が社会のゴミだ！　恥を知れ、恥をっ！」

坂下の迫力に、先ほどまで罵声《ばせい》を浴びせていたオヤジ連中は呆気《あっけ》に取られていた。彼女もこんな若造に「恥を知れ」などと言われて、わなわなと坂下を見ている。

「お前ら～、下がれと言っとるのが聞こえんのかぁ！　逮捕されたいんか！」

その時、刑事らしい強面《こわもて》の男がやってきて、坂下はようやく我に返った。その視線が彼女にではなく、自分に向いているのに気づいて嫌な予感がする。

「あんた、診療所の先生か？　あんたみたいなのが、率先して騒いでどうするんだ」

「でも……っ」

「とにかく、事情は聞いたんだから、あとは警察に任せてお前らは帰れ！」

「そんな……っ」

「いい。帰ろう、先生」

斑目に宥められ、言いかけた言葉を呑み込んだ。これ以上何を言っても、無駄だろう。

「ほらほら、行った行った！」

押し出されるようにして、坂下たちは部屋を追い出された。被害者の坂下まで、犬でも追い払うような態度を取られるなんて心外だった。あれだけのことをされたのに、謝罪の言葉も貰えないまま立ち去らなければならないことが歯痒い。

「なんで俺たちがこんな……」

「世の中そんなもんだよ。俺たちを人間と思ってない輩《やから》はたくさんいる。それより、何もなけりゃいいがな」

「え……」

斑目がポツリと言うのを聞いて、坂下は急に不安になった。変な面やら鉄パイプやら物証はかなり残っており、犯罪の立証はできるとわかっているが、本当に大丈夫なのだろうかと思えてくる。

それは、街の連中が少年にケガをさせてしまったことだけが原因ではない。

「見てみろ。あの刑事の態度」

斑目に言われて振り向くと、先ほどの刑事が加害者の少年の母親に対してしきりに頭を下げているのが見えた。まるでコメツキバッタだ。確かにケガをさせてしまったが、加害者側の人間にあそこまでするのが普通だとは思えなかった。

「警察関係者にコネがあるのかもな」

「コネ?」

「俺らを人間とも思っていないような連中なら、証拠を握りつぶすことくらいする」

「そんな」

坂下がそう口にした時、刑事の視線が自分たちに向いたことに気づいた。その目は、斑目の言葉があながち間違っているとは言いきれないことを物語っている。

「結局、敵を作っただけになっちまったかもな」

斑目の口調は、いつになく真剣だった。


「しかし、あれは納得できんかったよなー」

診療所の待合室に、酒焼けした男の声が響いた。

夏の太陽はますます激しさを増しており、待合室は蒸し風呂《ぶろ》状態だ。年代物の扇風機を回しているが、申し訳程度にしか風を送っておらず、そこに集まってくる連中の体温で熱さが籠もっていくばかりだ。

「あんなガキがのさばっとるげな、日本も終わりたい」

結局、事件は闇に葬られた形となった。

本来なら家庭裁判所に送られるはずだが、そのまま両親のもとへ帰されて終わったようだ。少年法に守られているとはいえ、鉄パイプや面など、あれだけの証拠が揃《そろ》っているのに、後日呼び出されるでもなく、口頭での注意で終わるなんてさすがに坂下も納得がいかない。

子供の悪戯《いたずら》というレベルではなかった。本気で身の危険を感じたのに、ケガをさせたことを取り上げられ、これ以上騒ぐと逆に坂下たちを訴えると仄めかされた。

小川を襲った者たちと同一人物かどうかも詳しく追及されず、泣き寝入りするしかなかったというわけである。

「ガキもあんな親に育てられて可哀相《かわいそう》だよ」

いつものように、仕事から戻ってきた斑目は窓の下でタバコを吸っていた。一時間ほど前に姿を現した双葉も、缶コーヒーを飲みながらダラダラとしている。

「本当にそんな親っているんですね。信じられないっすよ」

泊まりの仕事にありついて当時現場にいなかった双葉も、街の連中から話を聞いて腹を立てている。

「でも、小川さんが無事退院できてよかったです」

「仕事はどうなってるんっすか?」

「有給休暇を取ることができたそうです。ケガの回復も早かったみたいで、今日辺りから仕事再開だって言ってました。今度小川さんの時間がある時に退院祝いしようって言ったら、すごく喜んでました」

退院当日に聞いた小川の話を思い出しながら、坂下は窓から腕を垂らして空を見上げた。

雲一つなく晴れ渡っており、小川の方も状況はいいが、坂下の心は様子が違う。

どうやらあの事件以来、警察の人間に目をつけられてしまったらしいのだ。ここに来る連中の話を聞くと、職質される回数は増え、あれこれ難癖をつけられることも増えたという。

ある男は、今まで座り込んでいても文句を言われなかった場所にいただけで怒鳴られ、しかも仕事に行く時間になってもなかなか解放してもらえず遅刻をした。また、段ボールハウスを撤去しろと言われたホームレスもいた。邪魔だというだけで、競馬新聞を取り上げられ、目の前で破り捨てられた者もいるという。

もちろん、ホームレスたちに公園などで寝泊まりする権利はないと言われればそれまでだ。憚《はばか》ることなく路上に座られると交通の邪魔だというのもわかる。

けれども、今の状態は街の男どもを困らせるためにしているだけのように思えて仕方がない。これまで大目に見てもらっていたことが、通じなくなってきている。

「やりにくくなってきたな」

「また警察になんか言われたか？」

「俺じゃなくて患者さんの話ですけど。このところみなさん不満がたまってます」

「俺も職質されたんっすよね。ねちねち責められました。あれは苛《いじ》めっすよ、苛め」

双葉の愚痴に同意だと言わなかったが、実を言うと坂下も同じ気持ちだった。

日頃からたまっている自分たちの不満を、この街の男たちにぶつけているのではないかと思ってしまう。警察官も人間だ。中には自分の立場を利用して捌《は》け口にする人間がいても不思議ではない。

「それより、気になることがある」

「気になること？」

「妙な話を聞いたんだ」

斑目が、空を眺めながら静かに言った。窓から身を乗り出してその顔を見るが、すぐに続けようとはしない。

ぼんやりしているのかと思っていたが、どうやらそうではないらしく、考え込んでいるようだった。

「もしかして、ドラッグが出回ってるって話ですか？　俺も聞いたっすよ。最近、若い奴も結構流れてきてるから、そういうのに手を出すのも出てきたのかも」

「お金がないのに、ドラッグを買う人間なんていいるんでしょうか」

「でも、酒は買うもんなー。食費削ってもタバコはやめないって人もいるでしょ」

「お酒とドラッグは値段が違うでしょ」

　指摘すると、双葉は「う〜ん」と考え込んでから、いいことを思いついたとばかりにパッと表情を変える。

「じゃあ、ケツを貸す代わりにとか？」

「双葉さん、気をつけてくださいよ」

「なんで俺なんっすか。先生の方こそ」

「双葉さんの方が若くてピチピチしてるから、狙われますよ」

「え、俺そんなにセクシーっすか？」

「セクシーセクシー。髪の毛サラサラだし」

「やだ先生。洋一《よういち》、困っちゃう〜」

　無邪気な双葉と話していると、ついペースに巻き込まれる。底抜けに明るい青年は、こうしてよく坂下を元気づけてくれるのだ。何度双葉の明るさに救われたことだろうか。

　しかし、二人の会話を斑目の静かな声が遮る。

「タダなら、やる奴がいるかもな」

「え」

静かすぎる口調に、心臓が冷たくなった気がした。

こんなふうに言われると、嫌な予感を抱かずにはいられない。斑目の目は真剣で、とても冗談を言っているようには思えないのだ。なんの根拠もなく、闇雲に他人を不安がらせるようなことをする人間でないと知っているぶん、不安も大きい。

「タダって……なんのために?」

「いきなり『覚醒剤《かくせいざい》をしませんか?』なんて言う奴はいない。ハードルが高すぎるだろうが。だから、最初は合法ドラッグだと言ってタダでくれてやるんだよ。そして鼻から吸わせる」

「でも、どちらにしろいずれ顧客にするつもりなら、お金を持ってる人じゃないと買えませんよね」

少し考えればわかることなのに、斑目が気づかないはずはなかった。じゃあどうして……、と考えるが、坂下にはそれ以上何も浮かばない。

「克幸《かつゆき》なら、やりかねないと思ってな」

「……っ」

久々に聞く名前に、坂下は驚きを隠せなかった。なぜ、突然斑目の弟の名前が出るのか、わからない。双葉を見ると、慌てたような顔をしている。

「隠しておこうと思ったんだがな、双葉が少し前に会ってるんだ」

「え。どうして黙ってたんですか」

「あ、いや……その……先生に心配かけたくなかったっつーか。ははは……」

頭を掻《か》きながら白状する双葉に、溜め息をつく。気を使ってくれるのは嬉しいが、こんなふうに護られると、成人男子としてどうかと疑問を抱いてしまうのだ。

まだまだ世間知らずだという評価は変わらないようだ。

「隠しても同じだ。いずれわかる。あいつが動き出すなら警戒しといた方がいいしな」

「仕事帰りに会って、一緒に飲まないかって誘われたからついていったんですよ。北原って人がここに来たのも、どうも斑目さんの弟の差し金みたいです」

「え……」

「まだ先生を諦めてないとも言ってたらしいぞ」

一瞥《いちべつ》され、思わず身構えてしまう。言葉にされずとも、気をつけろと言われているのはわかった。

二人は天敵同士だ。

兄弟でも、とことん反りの合わない相手というのはいる。二人はまさにそれだ。互いのやることなすことが鼻につき、気に喰わないのだろう。坂下からしてみれば似た者同士にも思えるが、そんなことを言えば斑目は怒るだろう。

「まさか、路上強盗の少年も……」

「さすがにそれはねぇな。堅気の親子を使うなんてプライドが許さねぇだろう。だが、ドラッグの噂《うわさ》が本当なら、あの一件は俺たちに不利に働く。嫌なタイミングで事件が起こったもんだよ」

「なんでこんな時に」

「先生。街の人間は人質も同じだ。先生が音を上げて自ら自分のところに来るように、大事にしてるものを一つずつ奪う気かもしれねぇぞ」

いつか見た、克幸の冷たい目を思い出して背筋が寒くなった。大事なものを一つずつ奪われていく精神的な苦痛とは、いったいどんなものだろうかと思う。

「そういえば、大事なものがある人間の攻め方は知ってるって言ってました。護《まも》りたいものがあるから強くなれるんじゃないのかって反論したんだけど、きれい事だってあしらわれたな」

双葉の言葉に、斑目は静かに言った。

「奴じゃなきゃいいがな」

それから数日後。

坂下は、いつものように街を見回って歩いていた。ホームレスたちに声をかけ、体調を聞きながらドラッグのことについても注意を促す。

「最近、変なクスリをばらまいてる人がいるそうなんで、気をつけてくださいね。もし、そういうことをしている人を見つけたら、教えてください」

「は～い」

返事はいい加減のようだが、こうしてまともに話を聞いてくれるのは、一銭にもならないのに日頃から街の男たちの健康管理のために声をかけて回っている坂下だからこそだ。他の人間なら、こうはいかない。

街を一通り見回ってみたが、これといっておかしなことにはなっていないようで、今のところなんの手がかりも摑《つか》めてはいない。

「警戒しすぎなのかな」

いつの間にか街の外れまで来ており、坂下は立ち止まった。

この通りを渡ったら、向こう側は違う街だ。

道一本隔てただけで、その様子はガラリと変わる。毎日決まった仕事に向かうサラリーマンやOLたちの姿が多く、昼間から酒を飲むような男はほとんど見られない。路上に座り込む日雇い労働者や段ボールの上に寝転がっているホームレスが当たり前のようにいることとは、まったく違う。

坂下も、以前はあの場所にいた。けれども、戻りたいとは思わない。街の男たちのために自分にできることがある限り、この街にいようと思う。

改めてそう強く決意し、夜空を見上げ、軽く溜め息をついてから診療所へと歩き始めた。

「先生っ！」

診療所まであと数十メートルほどのところまで来ただろうか。慌てたような双葉の声に呼び止められ、坂下は振り返った。

「どうしたんです？」

「今呼びに行こうとしてたところなんです。ちょっと来てください」

「何かあったんですか？」

「ドラッグを持ってる奴が見つかったんです」

「！」

坂下は双葉の後を追い、白衣を翻しながら走った。双葉が飛び込んだのは、診療所からそう離れていない簡易宿泊所だ。一泊八百円で宿泊できるところで、この街でも一番安いタイプの部屋になる。一つの部屋にカイコ棚と呼ばれる二段式ベッドが四つ置かれてあり、そこに八人が寝泊まりできるようになっていた。泊まっている部屋から推測しても、懐に余裕のある人間とは思えない。

やはり、ドラッグは売買されているのではなく、無料でばらまかれていると考えた方がいいだろう。

「あっちです」

双葉に案内されるまま二階に上がると、角部屋から斑目の声がする。中を覗くと、斑目は男と揉み合いになっていた。

「おい、てめぇ。どこでこれを貰った?」

「知るかよ……っ」

「知るかじゃねぇ!」

「お前に、関係ねーだろうが!」

診療所に来たことのある男なら話も多少聞くだろうが、この男は知らない顔だ。さすがに街の住人全員と面識があるわけでもなく、坂下の声も届きそうにない。

「先生、これを便所に捨てろ」

「はい」

「おい、待てよ!」

男は坂下を追おうとするが、斑目が取り押さえている間に便所に流した。ただの噂だったのかもしれないと思い始めていただけに、ショックは隠しきれない。

「あれはどうした!」

「も、貰ったんだよ」

「誰に？」

「現場で一緒になった男にだよ。これを吸うと疲れが取れてよく働けるって言われて……何が悪いんだ！」

　ドラッグに対する知識が浅いとはいえ、あまりに軽はずみな行動に頭を抱えた。街の人間は少ない仕事に群がり、少しでも多くの日銭を稼ごうと必死だ。そんな状況だからこそ、いい現場があればいい働きをしてまた次も雇われようとする。

「おかしいと思わなかったんですか！　自分の躰がどうなってもいいんですか！」

　坂下の迫力に驚いたのか、男はしどろもどろになって最後には黙りこくった。ようやく他人の話を聞くくらいには落ち着いたようで、斑目が静かに言う。

「お前が持ってたのは、覚醒剤だ」

「お、俺は注射なんかするつもりはねぇぞ！　炙《あぶ》って吸えばいいって言われて」

「鼻から吸うやり方もあるんだよ」

「ちょっと、待ってくれよ。俺、そんなつもりは……」

「まだやってないんですよね？」

「ああ。明日、仕事前にって思って」

「じゃあ、くれるって言われても、二度と貰わないことです」

坂下は、覚醒剤の怖さを男に教えた。疲れが取れたように感じるが、その一方で躰は確実に蝕《むしば》まれているのだと言い、どれほどの苦痛が待っているのかを詳しく話してやる。

「他にクスリを貰った人はいますか？」

「いたよ。でも知らない奴だよ。名前なんて聞く奴はいねぇだろ」

探せばいくらでも出てきそうだった。

自分の知らないところで、この街の住人が一人、また一人と克幸に利用され、ドラッグに手を出していく様子が浮かんで恐ろしくなった。今、どこまでその手は伸びているのだろうと思う。もともと入れ替わりの激しいところだ。隅々まで目を光らせるなど、不可能だ。

「先生、とにかく帰ろう。診療所の常連たちに言って、自衛するよう広めるんだ。酒やタバコと違って、確実に廃人になるようなもんに手を出す奴はそういないだろうしな」

「そうですね」

今できることはないと諦め、ひとまず戻ることにする。

「心配するな。俺も双葉もいる」

「そうっすよ。俺も先生がいるこの街が好きだし、診療所に集まるみんなも、きっとそう思ってるから協力してくれますよ」

二人の言葉がありがたかった。

坂下一人なら、早々にくじけていたところだ。不安に押しつぶされていたに違いない。

自分には頼りになる男たちが味方についてくれていると思うだけで、随分と気持ちが楽になる。

「それに、なんかあったらホイッスルを鳴らせ。この前も来てやっただろうが」

高校生のマグロに襲われた時のことを思い出し、坂下は口許を緩めた。

前に診察室で吹いた時は、偶然診療所に顔を出そうとしていたのか、斑目はすぐに姿を現した。今回もたまたま近くにいただけだ。斑目がよく使う宿の近くを走ったのだから、あの音に気づく確率は高かったと言えるだろう。魔法のランプと同じように、吹けば正義の味方である斑目がいつでもどこでも出てきてくれるなんて思っちゃいない。

けれども、ホイッスルは心強いものとなっていた。

「案外使えますよね、これ。今のところ百パーセントですよ」

「それ、斑目さんが先生にあげたんっすか？」

「おう。ここは治安がいいとは言えねぇからな。先生はよく見回りしてるし、犯罪防止グッズにもなる。正義の味方登場ってわけだ」

「さすが斑目さん、愛が籠もってますね」

「だろう？」

得意げに言った斑目は、さらに言わなくてもいいことを口にする。

「先生の躰が疼《うず》いた時も吹いてもら……」

「――吹きませんよ」

「晴紀《はるき》、疼いちゃって……斑目さん早く来てぇ、って言ったのはどこのどいつだ」

「んまぁ！　なんて破廉恥なっ」

双葉は両手を頬《ほお》に添え、大袈裟《おおげさ》に騒いでみせた。

「言ってません」

また二人の悪ふざけが始まったと、坂下は冷たくあしらって無視を決め込んだ。それでも悪友どもは、やいのやいのと騒いで楽しんでいる。双葉はまだ若いが、斑目まで子供のようにはしゃいでいるのには呆れた。

「俺は先生の性の奴隷よ。欲しくなった時に呼び出されて、一晩じゅうご奉仕だ」

「やだ～、エッチィ～」

「先生はオトナだからな。それはそれはハードな要求が連日のように続くもんだから、さすがに俺のフェアリーも擦り切れちまいそうで……」

「ちょっと！　何がハードな要求ですか。いい加減なことを言わないでくださいよ」

「冗談だろうが。そう怒るなよ。俺の妄想だ」

「まったく、何が楽しくてそんな妄想……、――っ」

言いかけて、診療所の扉が開いているのに気づいた。慌てて中に入ると、暗がりの中に人影がある。

いた。

明かりをつけると、この街にそぐわない格好をした男が長い脚を組んでソファーに座って

「誰です！」

「……克幸」

斑目の声が、静まり返った診療所の空気を揺らす。

初めて見た時と同じように、克幸は仕立てのいいスーツに身を包んでいた。外には舎弟たちの姿もそれらしき車もなかったが、一人で来るとも思えない。どこからか見ているのだろうかと、こんな芝居じみた登場の仕方をする克幸に得体の知れない恐ろしさを感じた。

「いつ来ても汚いところだな」

「その汚いところに何しに来た。お前のような男が来る場所じゃねぇよ」

相変わらず靴のまま上がっているのを見て、眉間に皺を寄せる。

「土足厳禁ですよ」

威嚇するように言うが、克幸が坂下の言葉を聞くはずもなかった。そうこなくちゃ面白くないと言いたげに嗤い、周りを見回す。

「水虫でもうつされたらたまらないんでね。でもまさか、いまだに続いてるとは思わなかったよ。その根性だけは認めてやる」

「あなたに認めてもらわなくても結構です」

土足厳禁
健康習慣

「気が強いな。俺が欲しいと思っただけはある」

ふ、と笑う克幸を見て、心臓がトクッとなった。

やはり、斑目と似ている部分がある。特に笑った時は、斑目と同じ雰囲気があるのだ。けれども二人はまったく違う。まるでコインの表と裏を見ているようだ。

一番近い存在で、同時に一番遠い存在でもある。血の繋がりは決して絶ち切ることができないが、お互い向き合うことも肩を並べることもない二人。

「あなたが、街の人に覚醒剤を配って回ったんですね」

「なんのことだ？　妙な因縁つけられても困る」

克幸はタバコに火をつけ、ゆっくりと紫煙をくゆらせた。煙は坂下のところまで伸びてきて、絡みつく。

「今度は本気でいくぞ、幸司《こうじ》」

宣戦布告だった。

一度は引いたものの、まだ坂下を手に入れようとしている。

「俺は、あなたのところになんて行きませんよ」

「いつまでそんなことが言えるかな」

「いつまでも言いますよ」

「幸司。お前が嘆く姿を早く見たい」

「残念だが、それは無理だ」

「護りたいものがあるから、強くなれるって言うのか？　確かそうだったな。双葉」

「！」

名前を呼ばれて、双葉の顔色が変わった。

「あんたに呼び捨てになんかされたくないね」

「俺に名前を覚えてもらっただけでも、ありがたいと思え」

「誰が思うかよ。斑目さんと張り合ってるあんたは、一生兄貴には勝てないよ」

克幸を怒らせようとしているようだが、効果はなかった。嫌な男だと、心底思う。

「今日は挨拶《あいさつ》に来ただけだ。じゃあな、坂下先生。そのうち、俺の前にひれ伏させてやる。あんたは苛め甲斐《がい》がありそうだ」

克幸は坂下たちの間をゆっくりと通って、診療所を出ていった。残されたのは、なんとも嫌な空気で、表情を曇らせたままじっとしていることしかできない。

しかし次の瞬間、双葉が素《す》っ頓狂《とんきよう》な声をあげる。

「緊張したー。さすがにヤクザは迫力がありますね。先生は大丈夫っすか？」

おどけた態度がおかしくて、坂下は緊張がふと和らぐのを感じた。気を使ってくれているのが嬉しく、坂下も軽く乗ってみる。

「お、俺も緊張しましたよ！」

「あんなこと言われたら、しますよね。しかも、斑目さんの弟っすから。俺、チンコが縮みました。斑目さんは?」

斑目も、双葉が努めて明るく振る舞っているとわかっているようで、怖い顔のままじっと見下ろし、そして腕を組むと大威張りでこう言う。

「俺のフェアリーは、膨れることはあっても縮こまることはねぇんだよ」

克幸が診療所に現れてから十日が過ぎた。

街を騒がせていた蟬の声は、お盆を過ぎてから晩夏にかけてよく耳にするものへと変わっており、過ぎていく夏を名残惜《なごりお》しむように街のあちこちでツクツクボーシと鳴いているのが聞こえる。しかし、まだ太陽の勢いは衰えず、日が落ちても地面は熱を発している。

そんな中、ホームレスたちの様子を見るために街を歩いていた坂下は、いつもは見ない場所に人だかりを見つけた。

この街には他人に無関心な人間が多いが、誰もが野次馬根性剝き出しに人だかりの先にあるものを見ようとしている。普段なら自分のねぐらに戻っている頃だというのに、この時間にこれだけの人数が集まっているのを見るのはめずらしいことだ。

「何かあったんですか?」

「お。先生」

顔見知りの男は坂下を振り返ると再び前を向き、興味深そうに前方の様子を覗こうと首を伸ばしている。

「この辺で寝泊まりしてる男が、いきなり暴れたんだってよ。誰か殴られたか刺されたかしたらしくてな、死人が出てる」

「え……」

「死んだ方もホームレスらしいぞ」

「どうしてそんな……」

「さぁ。どうも普通じゃねぇみてぇなんだ」

「普通じゃない?」

「加害者ってのが、奇声を発して暴れてたらしいぞ。わけのわかんねーことを口走ってたらしいからな。幻覚でも見たんじゃねぇか」

幻覚と聞いて、すぐに克幸のことを思い出した。

斑目と半分血の繋がった男は、坂下が大事にしているものを滅茶苦茶にすると宣言した。現場で一緒になった男に疲れが取れる薬だと言われて覚醒剤を貰った男もいたことから、労働者を装わせた誰かにドラッグをばらまかせていると考えていいだろう。

加害者の男が幻覚を見て暴れたのなら、事態は深刻だ。

克幸の笑い声が聞こえてきそうで、背筋が寒くなる。

「すみません、通してください」

人波をかき分けて前に出ると、警官が黄色いテープで現場を確保しているところだった。

ホームレスの遺体にはシートが被せてあるが、足首から先が見える。ボロボロのズックは親指の辺りに穴が開いており、そこから薄汚れた指が見えていた。それだけ見ても痩せ細っているのがよくわかる。

「おい、君。待ちなさい」

坂下は、制服警官に呼び止められた。

「知ってる人かもしれません。顔を確認させてください」

「被害者をか？」

「ときどきホームレスの人たちの健康状態を診るために、見回りをしてるんです」

「またお前か」

「！」

こちらに背中を向けて遺体の側《そば》に立っていた男が、坂下に気づいて近寄ってきた。高校生のマグロを突き出した時に署にいた刑事で、少年の母親に頭を下げていた男だ。

坂下を見る目には、敵意が窺える。目をつけられているのだと、改めて痛感した。些細《ささい》なことでも見逃さず、何かあればすぐに手錠をかけられそうだ。

「知り合いだったら、顔を確認するくらいできますよね？」

「わかったよ。入れ」

中に入ることを許され、ロープを潜《くぐ》って遺体の確認をしに行くと、別の刑事がシートをめくってみせる。

やはり、公園でときどき見るホームレスだった。名前は知らないが、見回りの時に何度か声をかけたことがある。気難しく無愛想な老人で、坂下が何度声をかけても心を開いてくれなかったが、悪い男ではなかった。

一度だけ、坂下が置いていった缶コーヒーに小さな声で何か言ったのを覚えている。あれは、精一杯の感謝の気持ちだったのかもしれない。

「知り合いか？」

「二ヶ月くらい前から、この辺りに姿を現すようになった人です。気難しい人だったから、仲間と呼べるような人もいないかもしれません。訛《なま》りがわかるほど話もしませんでした。かなり警戒心の強い人だったから……」

「結局、役に立つ情報は持ってないってか」

嫌味を言われるが、顔見知りの老人の死が悲しくて、刑事の言葉は気にならなかった。

こんな形で死ぬなんて、酷すぎる。

顔中血だらけで、額の辺りには明らかに陥没骨折した跡が見られた。何かで殴られたのだろう。

「どうしてこんな死に方を」

「どうせ何かから逃げてきたんだろう。なるべくしてなったんだろうよ」

「そんな言い方しなくったって……っ」

「本当のことだ。ここにはそういう連中が集まってくる。加害者の男は捕まえたが、ありゃ普通じゃねぇ。ドラッグの売人でもやってたかもなぁ。売人が売り物に手を出しちまうなんて、よくあることだ。まったく、この街の人間はクズばっかだよ」

やれやれ……、と言いたげな刑事に反論したかったが、言葉は出なかった。

確かに、ホームレスや労働者を使ってドラッグの受け渡しをすることはある。こういう街に集まる人間は家族から逃げてきたような者も多く、身寄りのない人間だからこそ使いやすいのだ。

中身がなんなのか知らないまま、わずかな金で荷物の受け渡しを請け負う人間もいる。

「ほら、用が済んだらとっとと出ていけ。捜査の邪魔だ」

追い立てられ、人混みの中に押し戻される。ここにこうして野次馬の中に立っていても意味がないとわかっていたが、立ち去ることができなかった。加害者の男がなぜ暴れたのか、それが知りたい。

ふと見ると、植え込みの近くに蟬の死骸があった。腹を上にして、脚を折り畳んで転がっている。それが、路上で死んだホームレスの姿と重なった。

「先生」

「斑目さん」

野次馬の向こうに斑目の姿を見つけ、坂下はすぐに駆け寄った。

「聞いたぞ。死人が出たらしいな」

「加害者の様子がおかしかったって言ってます。奇声を発して暴れたって……」

「そうか。先生は診療所に戻ってろ。探ってみるよ」

「俺も……」

「いや、何かあった時のために診療所にいた方がいい。大丈夫だよ。俺に任せろ」

軽く背中を叩かれ、言われた通り診療所に戻ることにする。

もし、克幸の仕業だったら――。

坂下の心の中は、そんな思いでいっぱいだった。

診療所に集まる連中にはドラッグのことは話してあり、自衛するよう言ってあるが、街の人間が全員来るわけではないのだ。しかも、この街は人の出入りが激しく、常に知らない人間が入ってくる。

誰かの助けになりたくてこの街にいるのに、自分の存在が街の人間を危険に晒すことになるのかと思うと、責任を感じずにはいられない。

診療所に戻っても、そのことばかり考えてしまい、何も手につかなかった。腹は減っているが、何かを食べる気にもなれず、定期的に時計を見るだけの時間がすぎていく。

そして、夜九時を回った頃だろうか。

情報を拾ってきた斑目がようやく診療所に姿を現し、坂下は待合室まで駆け下りていった。

「斑目さん。どうでした？」

「ああ。やっとわかったよ。克幸は絡んでない」

「まさか……そんなはずは。幻覚を見たような暴れ方だったって！」

「いや、間違いない。暴れた男ってのは、アルコール依存症だった。前からときどき暴れてたらしい」

「でも……人が死んでるんですよっ。そんなはずは……っ」

「わかってるよ、先生。でも、違うんだ。克幸じゃない」

強く言われ、自分が疑心暗鬼に陥るあまり目が曇っていることに気づいた。

確かに、アルコール依存症は幻聴を聞くこともあれば、血中のアルコール濃度が低下した場合には離脱症状を起こして幻覚を見ることもある。そのせいで攻撃的になり、事件を引き起こすこともめずらしくはない。

それなのに、ドラッグの幻覚症状だと決めつけていた。

すべて克幸に繋げて考えてしまうところに、己の弱さを見た気がした。

「絶対に克幸さんの仕業だと思ってました。絶対にあの人だって」

坂下はふらふらとソファーまで歩いていき、メガネを外すとそこに座って額に手を当てながら深く項垂《うなだ》れた。斑目も隣に腰を下ろす。

「ああ。普通はそう思うだろうな。状況が状況だし、タイミング的にもそう思わざるを得なかった。俺も疑ってたよ」

「またそんな嘘《うそ》を……」

「嘘じゃない。なぁ、先生。先生が取り乱すと、あいつの思うツボだ。冷静でいるんだ」

「そうですね。それに、克幸さんのことばかりに気を取られてないで、こんな事件が起きないようにしなきゃ」

たった一人で街全体を管理できるなんて、思い上がってはいない。けれども、こういった痛ましい事件が起きるのを防ぐために、自分にできることが一つでもあるならすべきだ。

落ち込んでいる暇なんてない。

「強くなったな、先生」

「え……」

「前なら、そろそろ弱音を吐く頃なんだが」

斑目の手が、肩に伸びてきた。優しく撫でられるが、そこに性的な意味がないのはわかっている。

「そうですかね。まだまだと思うんですけど」

「いや、強くなったよ。弱くなったところにつけ込んで、イタズラしてやろうと思ってたんだがな。残念だ」

すぐにふざけたことを口にする斑目に、坂下は思わず笑った。

「残念でしたね。斑目さんの思い通りになんかなりませんよ」

「言うじゃねぇか」

目が合い、肩を軽く叩かれる。

「それなら、先生もあいつのしたたかさに対抗できそうだな」

「ええ、負けるわけにはいかないですから」

「先生の大事なもんは俺が護ってやるって言ってやりてぇところだが、そんな必要は……」

言いかけて、斑目は言葉を止めた。

「斑目さん？」

自分の考えを確かめるように、険しい顔をしたまま動かない。

「……小川」

斑目が口にしたのは、この街から這い上がって自分の城を手に入れた男の名だ。マグロの被害でケガを負って入院したが、もう仕事に復帰している。休んだぶんを取り戻そうと、毎日がんばっていることだろう。

「小川さんがどうか……、——っ！」

その名前を口にした途端、坂下にも斑目がなぜ表情を険しくしたのかわかる。

克幸は護りたいものがあるから強くなれるという双葉の言葉を、鼻で嗤った。そんなものはかえって重荷になると言いたいのだ。そして、それを証明するかのように、坂下が大事にしているこの街の連中にドラッグをばらまいた。

証拠はないが、金を持たない男たちにそんなことをする酔狂な人間は克幸以外にいない。

「もしかして……っ」

「くそ、なぜ気づかなかったんだ！　先生、小川のところに電話はあるか？」

「いえ。でも携帯は持ってます」

「すぐ連絡して小川に会いに行くぞ！」

「はい！」

坂下の脳裏に、土産を担いで嬉しそうに診療所を訪れた小川の笑顔が浮かんだ。

坂下たちは、小川を訪ねていった。

携帯は繋がらず、あれこれ心配しているより直接会った方がいいと電車に飛び乗って小川のいる街まで出てきた。住所を頼りに探し出したアパートの部屋の郵便受けには、小川の名前が大きな文字で書かれてある。

流麗とは言えないが、小川の前向きで明るい性格が表れた力強い字だ。

「いきなり問いただささない方がいい。まずは様子を見てからだ。先生は普通に奴と話をしてくれ」

「はい」

玄関のブザーを鳴らすと、小川の声が中から聞こえてくる。

「俺です。坂下です。用事で近くに来たんで、ちょっと寄ってみました」

夜十時を過ぎた突然の訪問はあまり歓迎されるものではないが、小川の反応は予想外のものだった。

「お。先生！　どうしたんだよ、斑目までいきなり。びっくりだよ。しかしよく来てくれたな。ま、上がってくれ」

小川は、満面の笑みで坂下たちを迎えてくれた。自分の部屋を見てもらいたいのか、急《せ》かすように中に招き入れて、そこに座ってくれと嬉しそうに勧める。とても隠れてドラッグをやっているようには思えない。

自分たちが抱いている不安が、杞憂《きゆう》に終わってくれることを期待させる反応だ。

「すみません、夜遅くに」

「やー、来てくれて嬉しいよ。まさか街を出てまで心配してくれるなんてな、ありがたいことだ」

「小川さん。ケガの具合はどうですか?」

「ばっちぐーよ。ばっちぐーっ!」

似合わないウィンクをしながら笑う小川を見て、思わず顔がほころぶ。体の調子もいいようで、もう大丈夫だと言いながらケガを負った腕を回す小川の動きに、ぎこちなさは感じない。無理をしているようにも見えなかった。

しかし、斑目はまだ安心していないらしい。慎重に小川の様子を窺っている。

「どうだ? 俺の部屋は」

「思ったよりきれいにしてるじゃないですか」

「おうよ。きちんと掃除もしてるからな」

アパートは六畳一間という狭い部屋だったが、大事な城だというのがわかる。宿を転々とする生活だった小川にとって、かけがえのないものだ。

中古で買ったというテレビやちゃぶ台。百円ショップで揃えたという少ない食器。

どれも慎ましく、贅沢《ぜいたく》なものなど何一つないが、嬉しそうに自分の城を見せる小川の表情からもそれはありありと感じられた。

「仕事の方は、無理してないですか？」

「大丈夫大丈夫。うちはさ、社長がいい人なんだ。奥さんも親身になってくれてさ、俺のために筑前煮《ちくぜんに》を弁当箱に詰め込んで持ってきてくれたりするんだよ。しっかり働いて恩返ししねぇと」

「そうですか。よかったです、いい人に巡り会えて」

「先生の言うことを聞いて正解だったって、本当に思ってるよ。こんなに狭くて汚いところでも、自分の城ってのは違うからな。女だって連れ込める」

「連れ込まれてくれる女がいるんですか？」

「そりゃ、これからよ。これから！」

自慢げに自分の生活を語る小川を見て、坂下も嬉しくなった。

街の男たちには、浮き草のようにどこに流れ着くかわからない人生ではなく、小川のようにひとところに落ち着ける人生を歩んで欲しい。

「ところでこの辺に用事ってなんだったんだ？」

「あ、それは……」

「ちょっとな、警察に呼ばれてたんだよ」

坂下の言葉を遮るように、それまで黙って話を聞いていた斑目が横から口を出した。

警察と聞いて、一瞬小川の表情に変化が表れたように見えたのは、気のせいだろうか。

「警察に呼ばれたって、何したんだ先生。先生が警察沙汰《ざた》を起こすなんてよぉ」

「お前のことで呼ばれたんだよ」

「なんで俺が……っ、じょ、冗談はよせよ～」

小川は笑っていたが、明らかに引きつった笑顔だった。抱いていた懸念が、現実のものとなりつつあるのを坂下は感じずにはいられない。

ほんの今まで、屈託のない笑顔を見せてくれていたのに、今は自分の罪を隠そうとする被疑者のように冷や汗をかいている。こんな小川など見たくなかった。

そして、小川にこんな顔をさせているのは、紛れもなく自分なのだと痛感していた。もう少し早く克幸のターゲットになると気づいていればと、後悔は後を絶たない。

「仕事再開するの早かったよなぁ、小川」

「まぁ、仕事したいって無理言って早めに再開したのは本当だ。でも……」

「小川。俺の目ぇ見てみろ」

「な、なんだよ、斑目。気持ち悪いことを言うなよ」

頑《かたく》なに目を合わそうとせず、笑ってみせる小川を見ていると胸が痛くなった。

「お前のことで警察に呼ばれたってのは嘘だ」

「嘘って……冗談きついぞ～」

「怒んねぇのか？」

「……っ、そりゃあ、おめー……」

「俺の目を見ろっつったんだよ。見られない理由でもあんのか?」

　黙りこくってしまった小川を見て、坂下は絶望的な気分になった。

　小川は、間違いなくドラッグに手を出している。克幸の手は、小川にまで伸びていたのだ。何をしていたんだと、今まで見落としていた自分が腹立たしい。

「覚醒剤やると、一時的に体力がアップする。お前もそう言われてやったんじゃねぇのか?休んだぶんを取り戻そうとして、仕事を詰め込んじまったんだろう?」

「斑目……」

「小川さん。街でドラッグをばらまいてる人がいるんです。先日も一人、仕事先で勧められた人がいました。小川さんも、そうなんですね?」

「そんなことは……っ」

　そこまで言い、言葉を詰まらせる。

　言い訳をしようとしていたようだが、これ以上誤魔化しなど利かないと観念したのか、小川はがっくりと項垂れてしまった。

　坂下が跪《ひざまず》いて顔を覗き込むと、涙を流している。

「小川さん……?　どうしたんです?」

「う……っ」

「小川さんっ」

「いっ、今の生活を……手放したくなかったんだよ！　入院費で貯金も崩しちまったし、早く元通りにしたかったんだ。睡眠時間を削って走らねぇとこなしきれないほど、シフト入れちまって……できませんでしたじゃ済まねぇだろ？」

ひとたび罪を認めると、あとは早かった。堰《せき》を切ったように、次々と自分の中に蓄積していた思いを吐き出し始める。

大の男が泣きながら自分のしたことを告白するさまは、あまりにも痛々しい。

「だって、そうだろ？　やっとここまで築いたんだぞっ！　一生懸命がんばったんだよ。俺が……っ、この俺ががんばったんだ……っ」

小川の気持ちは、坂下にもよくわかった。

この生活は、小川がやっと手に入れた『安定』だったのだ。どんなことをしても、護り抜きたいと思うのは当然だ。それが法に触れることでも、一度だけだと、もとの状態になったらやめると決めて手を出してしまったのだろう。

けれども、そうやって心に固く誓っていても、ずぶずぶと底なし沼に沈んでいくのだ。気づいた時には、抜け出せないほど深いところまで浸《つ》かっている。

「だからって、こんなものに手を出したらどうなるか……」

「わかってたんだよ。そんなことはわかってたんだ！」

「小川さん……」

見ていられなかった。自分が痛みを受けた方がまだマシだと思える姿だった。小川の子供のような笑顔を知っているだけに、こんな姿を見せられるのはつらい。

「クスリはどこにある？」

「……斑目」

「自分で捨てろ」

冷たい斑目の声に、坂下はハッとなった。

その態度は厳しいものだったが、ここで間違った優しさなど見せては小川のためにならない。自分で捨てさせることで、ドラッグに対する未練も一緒に捨てさせようというのだろう。

「自分で便所に捨てるんだよ！」

小川の胸倉を掴んで立たせると、早くしろと急き立てる。小川は涙を拭きながら机の引き出しからドラッグのパケを取り出し、震える手でそれを破った。中身を便所の中に全部捨てたのを確認してから、水を流す。

「それで全部か？」

「ぜ、全部だ」

「本当だな？」

「本当だ！」

小川の言葉は事実なのだろうかと、斑目を見た。すると、とりあえず信じようという顔をされて小さく頷く。

さらに詳しく聞くと、ドラッグを吸引したのは二回だと言った。だが、一度でも手を出してしまえば断ち切るのが難しいのがドラッグだ。

「いいですか。もう二度とこんなものに手を出さないって約束してください」

「先生……っ」

「約束してください！　ここで断ち切らないと、今の生活を失うどころか、人間らしい生活を送ることもできなくなりますよ。廃人になりたいんですか？」

「約束する。約束するよ……っ。もう絶対に手は出さねぇ」

「絶対ですね？」

「ああ。絶対だ」

小川と固い約束を交わしたが、斑目はそれだけでは納得しない。

「次に見つけたら、お前でも警察に突き出してやる」

「斑目さん……っ」

「いいんだよ、先生。そのくらいしてくんねーと、また手ぇ出しちまう。俺はクスリがやりたかったんじゃない。生活を護りたかったんだ。馬鹿な方法を取っちまって、どうしようどうしようって思ってたんだからよ」

「じゃあ、俺が毎日電話をします。一緒に乗り越えましょう」

「ああ、先生、頼むよ」

涙を拭いた小川はそう言い、自分の様子がおかしいと感じたらすぐに警察に突き出してくれと頭を下げた。斑目も、隠し事をしている様子が少しでも見えたらそうすると脅してから小川のアパートを後にする。

「まさか、小川さんにまで手が延びてるなんて、思っていませんでした」

「でも、手遅れじゃなかった」

「そうですね。そうですけど……」

「大丈夫だよ。まだ、大丈夫だ」

強く言われ、無理にでもそう思うようにする。悲観的になったからといって現状が変わることはない。

二人はしばらく黙って駅に向かって歩いた。駅に着くと切符を買ってホームに入ってきた電車に乗り込む。

「しかし、克幸の野郎。えげつないことしやがる」

「本当に……」

さすがに斑目も口数が少なくなっていた。

「俺は先生が心配だよ」

「俺は、大丈夫ですよ。でも、今日は少し疲れました」

「ああ。診療所に戻ったらゆっくり休め。明日は午前中くらいサボっちまえよ」

「そういうわけには……」

「小川の野郎もそうやってがんばったから、ドラッグに手ぇ出しちまったんだろうが。先生も似たようなもんだ。無理するとろくなことがねぇ」

確かにその通りだと思う。実際、小川はケガで休んだぶんを取り戻そうと無理をした結果、ドラッグに手を染めることになったのだ。

「俺が診療所にいてやるよ。あいつらは嫌がるだろうが、先生が休めるように俺が先生に代わって一日医者をやってやる」

そう言われ、以前寝込んでしまった坂下の代わりに、斑目が白衣を着て患者の応対をしてくれた時のことを思い出して目を細めた。

二階で寝ていた坂下の耳に届いたのは、斑目に診てもらうと治るのも治らないと口々に文句を言う街の男どもの声だった。診療所に集まる根無し草たちは、他人には話せない過去を抱えている者も多いが、それを感じさせない陽気な一面も持っている。

連中の騒ぐ声を聞きながら斑目との熱い行為の疲労に身を委ねる心地好さといったら、言葉にならない。

「斑目さんの白衣が見られるなら、たまには休んでもいいかもしれませんね」

「俺の白衣に欲情してくれんのか？」

ふざけた言い方に、坂下は少しだけ笑った。

まだ笑う力が残っていたのかと少し驚き、大丈夫だと勇気づける。

坂下にとって斑目は、大事なことを任せても安心していられる男だ。一人ではない。助けてくれる人がいる。自分一人では弱い存在かもしれないが、信じて頼れる相手がいることが、強さに繋がるのだ。

克幸には、わからないことだ。このことが、きっと強みになる。

駅を出て診療所に戻る頃には、克幸になど負けるものかという気持ちになっており、足取りも随分軽くなっていた。

しかし、診療所が見えるところまで来た坂下の目に飛び込んできたのは、信じ難い光景だった。

「斑目さん、あれ……っ」

「どうなってんだ」

診療所に人だかりができており、男たちが大声をあげながらバケツリレーをしている。

「先生っ、火事です！」

二人に気づいた双葉が叫ぶのと同時に、坂下たちは弾《はじ》かれたように駆け出した。中に飛び込むとバケツリレーの仲間に入り、火元の診察室に水を運ぶ。なぜ診察室のような火の気のないところに……、と思うが、深く考えている余裕などない。

炎はまだ小さかったが、遠くからでも十分に熱は伝わってきて、坂下はその恐ろしさを思い知るのだった。


辺りには、焦げ臭さが漂っていた。

小火《ぼや》騒ぎから一夜が明けて、診療所の出入口付近には黄色いテープが張り巡らされており、誰も立ち入れないようになっている。

実況見分の結果、放火だろうということはわかった。手製の火炎瓶のようなものが発見されたと聞いている。

近くの宿に泊まっていた坂下は診療所の様子を見に来てみたものの、昨夜と同じ光景に溜め息を漏らすことしかできなかった。

太陽の下で見ると、現実味が湧いてくる。

火はすぐに消し止めることができ、大事にはいたらなかったが、その打撃が大きいのは明らかだった。レンタルの医療器具は保険に加入しているため坂下が支払いを要求されることはないが、診察室を中心に中は水浸しで、これを元通りにするのには時間がいる。

ただでさえギリギリの状態での経営が続いているというのに、これからのことを考えると頭が痛い。

「大丈夫っすか？」

「ええ。みんなのおかげです。もし誰も気づかなかったら、今頃全焼してたかもしれません。不幸中の幸いです」

「放火か。克幸の野郎の仕業だな。滅茶苦茶しやがる」

双葉と斑目も坂下を心配してか、朝から診療所に来てくれた。他にも待合室の常連が坂下のためにパンを買ってきてくれたりと、何かと力になってくれている。

「双葉さん、警察には？」

「ええ。俺は昨日のうちに終わりました。直接犯人を見てないっすから」

普段から警察のような国家権力を嫌っている街の連中だが、坂下のためなら苦手な警察にも率先して出向いてくれている。しかし、警察の方が彼らの証言を信用しないという現状もあった。

他人とコミュニケーションを取るのが下手な人間も多く、話に喰い違いがあると誤解されたり、自分の伝えたいことが上手く伝えられないもどかしさに、つい喧嘩《けんか》腰になってしまう者も少なくない。放火の目撃者も一人いたが、酒浸りでいつもほろ酔い状態の男だったため、どこまで警察が信用してくれるかわからなかった。

「でも、小火で済んだってことは、運がいいってことですよね」

「ああ。克幸の馬鹿がいくら足掻《あが》いたって無駄なんだよ」

「そうだそうだー。坂下診療所は不滅だー」

双葉が拳《こぶし》を振り上げて訴える。

その時、少し離れたところに停《と》まっていた国産車から、スーツに身を包んだ男が二人降りてきた。男たちが見ているのは、坂下だ。

「あなたが、坂下晴紀《はるき》さんですね」

「はい。あの、何か……」

警察手帳を出され、一瞬小川のドラッグの件がバレたのではないかと思った。

「小火のことでの事情聴取はこちらから伺うことになってます。時間も昨日言われて……」

「いや、それとは別件で来たんだ。聞きたいことがあってね。署まで来てもらうぞ?」

「ええ、もちろんいいですけど、聞きたいことってなんです?」

聞こえなかったはずはないのに、その質問は無視される。

坂下は戸惑わずにはいられなかった。どうも様子がおかしい。けれども応じないわけにはいかず、素直に車に乗り込んで署まで出向く。

坂下が案内されたのは、取調室とプレートが貼《は》ってある部屋だ。

イメージとは違い、窓は大きく、中は明るかった。机や椅子も比較的新しい。

「事情が変わってな。いろいろと聞くことができたんだよ」

「どういうことですか?」

坂下は、怪訝《けげん》に思って刑事たちの顔を交互に見た。

「あなたの診療所から、こんなものが出てきたんですよ」

刑事が出したものは、大きなビニールの袋だった。中には三センチ四方の小さなビニール袋が入っている。外の袋は、証拠品などを入れておくために警察で用意された袋で、中の物に直接手で触れたりできないようにしてある。

問題は、その中に収められた袋の方だ。

見たことがあった。というより、昨日、小川のアパートで見たばかりだ。

小川が所持していたのと同じ物。斑目が便所に捨てさせたクスリ——覚醒剤だ。

「これが何か知ってるんだろう? 覚醒剤だよ。あんたの診療所から出てきた」

「そんな……っ。俺は知りませんよ」

「知らないって言われてもなぁ、出てきたもんはしょうがねぇもんなぁ」

克幸の顔が脳裏をよぎった。

今回の小火騒ぎを起こした本当の目的は、これだったのだ。診療所を滅茶苦茶にするのと同時に、坂下に容疑をかける。小川の一件でも随分とショックを受けたが、畳みかけるように次々に仕掛けてくるやり方は、さすがだ。

克幸はこうした小さな罠《わな》を重ねることで、最大限の効果を挙げようとしている。敵ながらあっぱれといったところだろうか。

「か、火炎瓶を投げ込まれてるんでしょ？　誰かがそれも一緒に投げ込んだかもしれないじゃないですか！」

「ですが、これは燃え残ったあなたの白衣のポケットから出てきたんですよ」

「……っ」

いつの間にそんなものを……、と思うが、やろうと思えばいくらでもチャンスはある。

診療所は誰にでも開放している上、健康保険証を持っている者の方が少ないため労働者を装うのは簡単だ。舎弟にボロを着せて紛れ込ませれば、白衣のポケットにパケを忍ばせることなど朝飯前に違いない。

「尿検査を受けてもらう。いいな？」

「ええ。もちろんです」

断る理由はなかったため、すぐに応じた。いくつかの書類にサインをしてから尿を採取すると、再び取調室に移動して、刑事と向かい合って座る。

「ここ最近、ドラッグが出回ってるって噂があるのは知ってるか？　まさか、出所はあんたじゃねぇだろうなぁ」

「知りません」

「いいか。じっくり取り調べをさせてもらうぞ」

取り調べなんて初めてで、刑事の言葉に緊張を覚えずにはいられなかった。

冤罪《えんざい》という言葉が脳裏に浮かぶ。

これから、厳しい取り調べが待っているだろう。少年のマグロの一件以来、坂下の診療所を中心とした街の連中は目をつけられているのだ。

「なんであんたの白衣から覚醒剤が出てきたんだ？」

「わかりません」

「誰かがそっと置いてったって言うのか？」

「そうかもしれません」

「サービスいいなぁ。これは高ぇんだぞ」

取り調べの様子を書き留める警官は、まるでここにいないというように黙ったまま、ただひたすら会話の内容を書き留めている。

「認めましょうよ。ドラッグをやったんじゃないんですか？　どこで入手したんです？」

「知りません。尿検査も陰性のはずです。ドラッグなんてやってないんですから」

「その自信満々な態度が逆に怪しいんだよ。あんたは医者だ。キメた後、どのくらいすれば尿検査に出なくなるかわかってるんだろう？」

「そんな……っ」

やましいことがないと態度で示したつもりが、逆効果だった。しかも、刑事の神経を逆撫でしたようだ。何がなんでも自白させてやるといった意気込みを感じる。

坂下からすれば見当違いも甚だしいが、刑事も自分の正義の下に捜査をしているのだろう。

「なぁ、先生。あんたは立派だよ。若いってのに、あんな街で金にならねぇことをしてるんだから尊敬するよ。荒くれ者たちを相手にしてるんじゃあ、ストレスもたまるよなぁ。わかるよ、あんたの気持ちはわかる。つい出来心でやっちまっても、あんたを責める気にはなんねぇよ」

「だから、してないって言ってるでしょう！」

「初犯なら執行猶予がつく。ここは素直に認めた方が、自分のためにもなるんじゃないかねぇ」

「してもないことを認めろっていうんですか？」

「ブツが出てきただろうが！」

机を叩かれ、悔しさに唇を噛んだ。

同じことの繰り返しで、何を言っても信用してもらえない。

冤罪がどれほどあるのかわからないが、取り調べを受けていると、その数はまんざら少なくもないのではと思えてきた。

狭い部屋に閉じ込められ、延々と同じ質問が続く。強い口調で責められ続けると、もしかしたら自分が罪を犯したのではないかとすら思えてくるのだ。

刑事たちの言うことの方が、本当なのではと……。

けれども、こんな脅しに負けて認めるわけにはいかない。

取り調べは夕方まで続き、坂下は留置所に勾留《こうりゆう》されることになった。中には毛布が一組あるだけで、コンクリートの箱のような場所だった。ここにいるだけでも気が滅入《めい》りそうだ。

そして、個室かと思っていたが、坂下が入れと言われた部屋には先客がいた。

歳は四十代半ばで、体格のいい肉体労働者タイプだ。

坂下は、男から離れた場所に毛布を置き、その上に腰を下ろした。膝を抱えて座ったのは、もちろん寒いからではなく、気持ちが自然と坂下にそういう行動を取らせたのだろう。

さすがに疲れは隠せず、これからのことを考える気力もない。

夕食は、トレーに載って運ばれてきた。メニューはみそ汁とコッペパンと硬い肉、あとはサラダと牛乳で、食べる者のことを考えた内容ではない。とても食欲なんて湧かなかったが、食べなければもっと気が滅入ると思い、冷えたそれを無理やりかき込んで全部平らげた。

ようやくこの状況に慣れてきたのは、消灯時間が来る頃だ。

しかし、留置所の中は蒸し暑く、饐《す》えた匂いのする場所では睡魔はなかなか降りてこなかった。診療所の方も気になって仕方がない。

一日でも早く診察ができる状態に戻したいのに、こんなところで無意味な時間を過ごす暇なんてないのにと、焦りばかりが先に立つ。

「よぉ、眠れねぇのか?」

ずっと無言だった同室の男が、坂下に話しかけてきたのは、寝床に入って一時間ほどが過ぎた頃だろうか。

男の方に背中を向けていた坂下は、顔を少し動かして後ろを見た。暗くてよく見えないが、毛布にくるまったまま、こちらを向いているのがわかる。

「すみません。起こしてしまいましたか?」

「いいよ。俺も眠れなかったしな。こんなところでは、眠れねぇよな。ところでよぉ。なんで捕まったんだ?」

話しかけられているのはわかっているのに、一瞬、自分のことを聞かれているとは思わなかった。

「あ、俺ですか?」

「他に誰がいるってんだよ。二人きりの部屋だぞ」

確かにそうだ。

この時、自分は取り調べを受ける身なのだと痛感した。被疑者ということだ。なかなか精神的ダメージの大きい言葉だと、苦笑いする。

家族が知ったらどんなことを言われるだろうかと思い、いまだに折り合いの悪い父親たちの顔が浮かんだ。もともと労働者街でボランティアまがいで診療所を開いていることに、いい顔をしていないのだ。小言どころでは済まないだろう。

そして、坂下の力強い味方である祖母、フサの優しい笑顔も脳裏に浮かんでくる。

「俺は何もやってません」

男に向かってではなく、自分の大事な人に訴えるように坂下は言った。

「何もやってないのに捕まったんかい」

「警察だって間違うことはあるでしょ。やってないんだから、明日にでも釈放されると思います。誤解なんですから」

「そう上手くいきゃいいがな」

男は鼻で嗤った。

世間知らずの医者は、この街に来たばかりの頃、街の男たちによくこんなふうに嗤われたものだ。今は随分と減ってきたが、それでもまだ、今のように坂下の言い分は一蹴《いっしゅう》されることがある。

「なぁ、にーちゃん。警察ってのはな、無罪の人間を有罪にするもんなんだよ」

「そんな適当なことを言わないでくださいよ」

「適当なことじゃねぇんだ。起訴されたらおしまいだぞー。起訴されたら有罪はほぼ決まったようなもんだろう。あんたもここが正念場なんだよ」

男の言葉がどこまで本当かはわからなかったが、いったん起訴されれば有罪の確率はかなり高いというのは、坂下も聞いたことがあった。痴漢の冤罪などで無実の者が示談に応じるのは、していないことを証明するのが難しく、起訴されればかなりの確率で有罪判決になるからだ。

罪を認めない態度は裁判官の心証も悪く、結果的に刑が重くなるより多少の痛みは伴っても示談に応じる方がマシだという心理が働くのだろう。

それを狙って、金銭目的で無実の人間が痴漢にでっち上げられた事件もあった。

「可哀相になぁ。あんたみたいなのは、こういうところにぶち込まれただけでも、結構ショックなんじゃねぇか？」

「大丈夫ですよ。貧乏なので、俺の部屋も汚いですから」

「そうか？　育ちがよさそうな感じがするけどな。……なぁ」

にじり寄ってくるのが気配でわかり、坂下は嫌な予感がして飛び起きた。すると、すぐ側まで男が迫ってきていたのに気づく。

「なぁ、にーちゃん。ここを出たら、俺んとこ来ねぇか？　仕事世話してやっからよ」

「け、結構です」

「そう言うなよ。いい仕事だぞ」

診療所をやっていると言えば引き下がるかとも思ったが、この男に少しでも自分のことを知られるのは危険な気がして、口を閉ざした。

「なぁ、仕事何してるんだ？」

「あなたには関係ないです」

「どーせろくな仕事してねぇんだろ？　俺が紹介するのはいい稼ぎになるぞ」

男は、しつこかった。親切心というより、別のものを感じる。

「俺は一度刑務所に入ったことがあるんだ。あそこは嫌なところだよ」

「だからなんです？　もう寝るんで、自分の布団に戻ってくれませんか？」

「素直じゃねぇなぁ」

「ちょ……っ、何するんです！」

いきなりのしかかられ、生暖かい息を耳元に吹きかけられて背筋に悪寒が走った。男を押し退けようとしたが、手を握られ、さらに口を塞がれて組み敷かれてしまった。

「にーちゃん。他人の親切は素直に受けた方がいいぞ。意地なんて張ってないでよ。な？

俺んとこ来い」

「冗談、じゃ……っ、――誰か……っ、看守っ、看……っ、――ぐ……っ！」

看守を呼んだがすぐには来てもらえず、坂下は男にいきなり数発殴られた。

なぜこんな目に遭わなければならないのかと思いながら抵抗するが、見た目以上に力が強く、まったく歯が立たない。火がついたように怒り出した男は、手のつけられない状態だった。

「人が親切に声かけてやってんのにっ、何がっ、看守だっ！」

「誰か……っ、……っく、助け……っ、――ぐぅ……っ」

「こっちが下手に出ればっ、いい気にっ、なりやがって！」

「――おい、何してる！」

ようやく看守が騒ぎに気づいて、駆けつけてきた。中に入ってくると、二人がかりで坂下から引きはがされる。

「貴様……っ、俺を誰だと思ってやがる！」

看守に取り押さえられても、男は暴れるのをやめなかった。


「面会だぞ」

看守に呼ばれたのは、翌日の朝食を終えてすぐのことだった。

取り調べまでにはまだ時間があり、坂下は警察官に連れられて留置所から出された。若い警察官は機械的な口調で坂下に命令し、機械的に面会室まで案内する。

ドアを開けると、そこはドラマで見るようなガラスで隔てられた部屋で、自分が置かれた状況を改めて思い知らされた。

「よぉ、先生」

「斑目さん」

坂下はメガネを中指で押し上げてから椅子に座り、斑目と向かい合う。

「顔がやつれてるぞ。その傷はなんだ？　刑事にでも殴られたか」

ふざけた口調で言われ、少し心が楽になった。深刻な状況であることは事実だが、何も悲観的になることはないと気づかされたのだ。

「もう散々ですよ」

「その調子だと、大丈夫そうだな」

弱音を吐いたというのに、斑目は断言した。こうも信用されると、落ち込んでいられなくなってくる。

「これでも結構へこたれてるんですが」

「本当にへこたれてるんだったら、先生はそんなことは言わねぇよ」

見透かされていると知り、クスッと笑う。被疑者として勾留されているのに、不思議と心に余裕が出てきた。悲観的なことを考えるのは、今じゃなくてもいい。

何か悪い事態になれば、その時になって考えればいいのだ。

今は心が折れてしまわないよう、気持ちをしっかり持たなければならない。

「心配なのは、小川さんのことです。毎日連絡するって言ってたのに」

「ああ。女の件か？　俺が先生の代わりにちゃんと連絡を取ってるよ」

女とは、もちろんドラッグのことだ。警察官になんの話なのか気づかれずにその話ができるよう、斑目が機転を利かせてくれた。

「数えるほどしか抱いてねぇのに、ときどき誘惑に負けそうになるってよ」

「そんな……っ」

「大丈夫だ。正直に辛《つら》いと言えるのは、いいことだよ。かえって『大丈夫』なんて言われる方が厄介だ。あいつはもう女には手は出さねぇよ。俺が保証する」

確かにその通りだ。

負けてしまっているのなら、そんなことは言わない。小川は今、足掻いているのだ。誘惑と戦っている。

「斑目さんと話して、少し楽になりましたよ」

「そうか。俺も先生の役に立ったってわけか」

「まぁ、少しはね」

素直に感謝の言葉を口にするのは照れ臭くて、わざとそんな言い方をした。すると斑目はガラスに手を置き、意味深な目をしながら囁くように言う。

「立ったと言えば、俺のフェアリーが先生に会いたいって毎晩訴えてる」

「……っ！」

突然何を言い出すのかと、坂下は耳まで一気に赤くなった。すると、調子づいた斑目はニヤリと笑い、続ける。

「若くて美しい王子の腹ん中が恋しいんだとよ」

見張りの警察官を振り返るが、坂下と目が合ってもさして反応も見せなかった。フェアリーなんて言われても、なんのことかわからないのは当然だ。

ここで「バズーカが〜」などと言われても困るが、二人だけで通じる言葉で話しているのも、何やら密会でもしている気恥ずかしさを覚える。

「ちょっと、その話はやめてくださいよ」

「怒ったか？」

「呆れてるんですよ」

「ま。先生が出てきたら、一番にフェアリーとご対面させてやるよ」

「結構です！」

少しはＴＰＯを考えろと言いたいが、ところ構わず下ネタで坂下をからかうのはいつものことだ。

「なんだ、冷てぇな。あいつは会いたがってるってのに」

「俺は会いたくないです」

「長いこと会ってねぇからな、随分でっかくなってる」

親戚の子供の話でもするような言い回しで自分の股間の話をする斑目に、よくこんなセクハラを思いつくなと感心した。その知恵をもっと有効なことに使えばいいのに、斑目はいつもくだらないことに自分の頭脳を使う。

「そんなに成長するとは思えませんけどね」

「先生を想う気持ちが、男を成長させるんじゃねぇか。毎晩、立派な大人に育ってる。見たら驚くぞ。そういやあいつ、早く逞しい男になって先生の役に立ちたいって言ってたな」

「……」

呆れて言葉も出ず、坂下はとうとう黙りこくり、思いきり恨めしげな視線を投げつけてやった。しかし、調子づいた斑目は止まらない。

「あいつが先生の役に立つ日が早く来ると……、ん？　どうした、先生」

いい加減斑目の下ネタにつき合わされるのも勘弁という気分になってきた頃、見張りの警察官がおもむろに動く。

「時間だぞ」

せっかくの面会だったが、警察官の言葉に安堵《あんど》したのも事実だ。

（まったく、こんな時まで何考えてるんだ）

わざと溜め息をついてみせ、ゆっくりと立ち上がる。

「もう行きます」

「ああ。じゃあな、先生。出てくるのを待ってるぞ」

含みを持たせた言い方をされるが、その瞬間、坂下は、ふとあることを思いついた。このままあっさり戻るのもなんだか癪《しゃく》だと、悪戯心が訴えている。

「ところで斑目さん」

「なんだ？」

「実はこの傷、昨日、同室の男に襲われたんです」

「――っ」

わざと憂い顔を作り、色っぽく見えるよう流し目を送ってやった。

「俺、もうきれいな躰ではいられないかも……」

「おいっ、先生！」

「……じゃあ」

「先生！　おいっ、待て！　先生っ」

既にあの男とは別の部屋に移されているが、いつも下ネタでからかってくれる男への軽い報復だ。自分ばかりが赤くなったり青くなったりしているのは、なんだか悔しい。

（いつまでもフェアリーフェアリー言うからですよ）

心の中でそう呟き、斑目の焦る声を背中に浴びつつ部屋を出ながら、坂下はべーと舌を出した。

これで少しは、斑目もおとなしくなるかもしれない。

坂下が診療所に戻ってきたのは、それから一週間後のことだった。

結局、尿検査は陰性で、新たな物証も出なかったため釈放となった。一時は冤罪でとんでもないことになるのではという思いに囚《とら》われて不安になったりもしたが、意外にあっさりしたものだ。

小火騒ぎがあったなんて嘘のように、待合室の中はきれいに掃除されており、元通りになっていた。破損したレンタルの医療器具はこれから坂下が手続きをしなければならないため診察室の方はまだまだだが、それ以外で手をつけられるところはすべて街の男たちが手分けして片づけてくれている。

しかも、自分たちは何もしていないという顔で待合室でストレッチに勤しんでいるのだ。

「よぉ、先生。ブタ箱にぶち込まれて少しは箔《はく》がついたんじゃねぇのか～？」

「精悍《せいかん》な顔になってきたかもなー」

「そういやちょっと男前になったかもしれんなぁ」

からかわれ、いつもと変わらない連中に感謝する。

「先生っ、またっ、よろしく頼むぞーっ。ほらっ、見てくれっ。結構、曲がっちょるやろが？　あと少しでっ、届く気がする！」

「どこがやー。まだまだ遠いぞー」

「嘘じゃろ？　先生っ、見てくれ。届くよな？」

「その調子じゃ無理な気がするんですがね。無理して筋を痛めたりしないでくださいよ」

ストレッチブームはいつまで続くのだろう。

一向に躰が柔らかくなる兆候の見えない男たちに呆れるが、邪《よこしま》な目的のためなら努力を惜しまないところは自分に正直ともいえ、子供のようで憎めない。

「ところで、患者さんはいるんですか？」

坂下は待合室を見回した。

人は溢《あふ》れるほどいるのに、この中のどれが本当の患者なのか探すなんて普通の診療所ではあり得ない。もうすっかり慣れてしまったが、少し離れていると特殊な状況に置かれているのだと改めて気づかされる。

けれども、どう見てもこの変てこな状況が坂下診療所の日常なのだ。

「俺じゃー。先生がいない間、ずっと我慢しとったんやぞ」

「じゃあ、少し待ってください。準備をしますから」

戻ってきたばかりで何も準備をしていなかった坂下は、すぐに診察室に入って無事だった薬類を確認した。医療器具のリース会社の営業と今後のことを含めて打ち合わせもしなければならず、できることはしておこうと忙しく働く。

休診が続いたからか、水虫が悪化したと言ってやってくる男や、仕事中にケガをしたという男が次々と診療所に集まってきた。坂下が戻ってきてくれて嬉しいと言われた時は、さすがに目頭が熱くなり、酒に酔ったオヤジ連中に「泣くなよ」とたしなめられた。

また、時間を見つけて小川に電話を入れると、坂下が無事に釈放されたことを喜び、休みの日を見つけて診療所に遊びに来るという。

改めてこの街で働くことの喜びを感じた一日だった。

「あ～、やっと終わった」

医療器具のリース会社の手続きを終え、包帯など無事だった物の在庫を数え直し、足りない物を発注したりしているうちにすっかり夜になってしまった。

外は真っ暗で、夕飯もまだ取っていない。

「何食べよう……」

ようやく空腹なことに気づいて冷蔵庫の中を覗いたが、何も入っていなかった。インスタントのみそ汁があったなと棚の中を物色したが、見つからない。ようやく我が家に帰ってきたというのに、みそ汁の一杯も飲めないのかと寂しい気分になってくる。

と、その時だった。

「先生ぇ〜」

「よぉ、戻ってきたな」

窓から外を見ると、双葉と斑目が荷物を抱えて坂下のいる部屋の窓を見上げていた。急いで下に降りていこうとすると、二人はどかどかと二階に上がり込んでくる。

「出所祝いだ。どーせ飯も喰わずに働いてたんだろう?」

「出所って……刑務所から出てきたみたいな言い方しないでくださいよ」

「似たようなもんだろうが」

「似てません!」

むきになって言うが、斑目は持ってきたビニールに包まれた平べったい荷物を開いてみせる。使い捨ての桶《おけ》に入っていたのは、彩り鮮やかな寿司《すし》だ。

「あ!」

思わず声をあげてしまい、意地汚いぞと口を噤《つぐ》む。しかし、もう遅い。斑目は、ククク……、と笑いを押し殺している。

「寿司は久し振りか? たまにはこういうもんでも喰って体力つけろ。どーせ喰うもんなくて途方に暮れてたんだろうが」

まさにその通りの状況だったため、何も言い返すことができない。

「贅沢しましょう。俺ら、先生が出てきたら祝おうって決めてたんっすから」

双葉が持ってきたのは、冷えた缶ビールだった。しかも、第三のビールでも発泡酒でもない。厳選した大麦を百パーセント使ったプレミアムビールで、これほど贅沢な物を見るのは久し振りだ。

感動すら覚える。

「いいんですか？　ごちそうになって」

「もちろんっすよ」

「喰え喰え。存分に喰え」

遠慮なくごちそうになることにし、坂下は斑目たちとともにちゃぶ台についた。そして、さっそく箸を割る。

「いただきま～す」

最初に手をつけたのは、ブリの握りだ。脂が乗ったブリの表面は艶《つや》やかで、醬油《しょうゆ》に浸すと脂が滲み出る。弾力があるそれはシャリとのバランスも絶妙で、じんわりと幸せを嚙み締めながら『娑婆《しゃば》はいい』なんて思っていた。

サーモンもとろとろで適度に効いたワサビの香りもよく、バッテラなどは肉厚で昆布の旨《うま》みが美味《おい》しさをより引き立たせていた。卵もダシがいい具合に効いており、シンプルな味わいの中に職人の腕のよさを感じる。

また、ビールの美味しいことと言ったら……。

腹が膨れると、坂下は顔の前で手を合わせて「ごちそうさま」と丁寧にお辞儀をする。

「あーもう、幸せ。幸せすぎて昇天しそうです」

「今度は俺とのらんでぶーで昇天させてやる」

「お寿司で昇天したいです」

「こんなことで昇天するなら、また買ってきてあげますよ」

たくさんあった寿司は、見事に全部腹の中に収まった。明日も仕事があるため、あまり遅くならないようちゃぶ台の上を片づけた後は緑茶を淹《い》れる。

「ところで、これからどうするんっすか？　また何かしてきそうですよね」

「どうしたらいいんでしょう」

「やっぱり、攻撃は最大の防御って言いますからね。こっちから仕掛けた方がいいんじゃないっすか？」

「確かにな」

夕飯を食べ終えると、斑目と双葉は診療所に残って克幸のことを話し始めた。さすがに、これ以上好き勝手なことをさせるわけにはいかない。

「何かいい手はないんっすかね。たとえば今回のドラッグの件があの人の仕掛けたことだって証明できれば、逆にあの人を追いつめられるんじゃないっすか？」

「どうだろうな。さすがにそう簡単に足がつくようなお粗末なことはしてねぇだろう」

斑目の言うことも尤《もっと》もだ。

しかも、克幸がドラッグをばらまいていることが警察に知られれば、小川や他の人間にまで捜査の手が延びるかもしれない。坂下が取り調べで克幸の名前を出さなかったのも、たとえ自分の身の潔白を証明できても、克幸がドラッグの件で捕まることで小川たちも芋蔓式に使用者として名前が出る可能性が大きいからだ。

「そういや、前にあの人と飲んだって言ったでしょ。その時に行った店のバーテンダーが、どうも克幸さんの愛人みたいなんっすよね。その人に近づいてみます？」

「愛人か。確かに愛人ってのは、いろんな情報を持ってたりするからな。愛人に足元を掬《すく》われるってことも多いし、そっちから攻めてみるか」

「でも、そう簡単に裏切りますかね。相手はヤクザだし、自分の身が危ないんじゃ……」

「なぁに。俺のフェアリーを見せれば一発よ」

真面目な話をしているのに、くだらないことを言う斑目に、坂下は冷たい視線を送ってやった。しかし調子づいた斑目は、身を乗り出して双葉に聞く。

「そのバーテンってのは、美人か？」

「美人っていうか美形っていうか……クールなタイプ？」

「いいねぇ。クールな美形は落とし甲斐があるってもんだ」

段々と話が逸れてきて、斑目の緊張感のなさに坂下は頭を抱えずにはいられなかった。こんな時だからこそわざとふざけてみせているのかもしれないが、双葉まで一緒になって喜んでいるものだから手に負えない。

しかも、調子に乗った二人は小芝居まで始めるではないか。

「なぁ、俺のフェアリーを試してみるか？」

「駄目です。克幸さんを裏切るわけには……」

「克幸のフェアリーより俺の方がデカいぞ。見てみるか？」

「あっ、そんなっ、本当っ、克幸さんのより大きい！」

いちいち文句を言うのも馬鹿馬鹿しくて、坂下は冷めた目で二人を見ながらそれが終わるのを待っていた。すると、坂下の視線に気づいた斑目が、ニヤリと笑う。

「なんだ、先生。妬《や》いてんのか？　大丈夫だよ。ちょっと俺のフェアリーをちらつかせて誘うだけだ」

「そういうことを心配してるんじゃないんですけど」

「じゃあなんだ？」

「緊張感がなさすぎて、こんなんで本当に克幸さんに対抗できるのかって心配してるんですよ」

わざと克幸へのライバル心を煽る言い方をするが、斑目は気にしちゃいない。しかも双葉などは、うんうんと頷きながら納得したように言う。

「斑目さんのフェアリーが勝負の決め手ってことっすかね」

「双葉さんまでいつまでもフェアリーフェアリーうるさいですよ」

結局、一度克幸の愛人とやらに接触しなければわからないと、その日は解散することになった。ご機嫌で手を振りながら帰っていく双葉を、待合室のところから見送る。

そして、なぜか隣で坂下と一緒に双葉を見送っている斑目を見て、迷惑そうな顔をしてみせた。

「斑目さんはどうして帰らないんですか？」

「俺は先生の部屋にお泊まりだ」

何が『お泊まり』だと、坂下は斑目の躰を診療所の外に押し出そうとした。

「勝手にお泊まりにしないでくださいよっ。とっとと帰ってください！」

「まぁまぁ、一晩くらいいいだろうが」

「駄目ですよ」

力で斑目に敵うはずもなく、じわじわと陣地を広げていくように中に入ってくる。押されるまま後退《あとずさ》りした坂下だったが、ソファーに足を取られてその上に尻餅《しりもち》をついた。

「——わ……っ」

このチャンスをみすみす逃す斑目ではない。立ち上がろうとしたが、即座にのしかかられて自由を奪われる。

「ところで、同室の男に襲われたって？」

ギクリ、となり、坂下は動きを止めた。

顔を上げると、愉《たの》しげに笑う獣と目が合う。何か企んでいる大人の顔だ。

危険で、そしてどこかセクシーで、魅力的な表情に頬が染まる。このままでは危険すぎると信号が発せられるが、もう手遅れなのかもしれない。

坂下の中に眠る獣も、目を覚ましつつあるのだから……。

「ま、斑目さんが変なことばっかり言うからですよ」

「心配で心配で眠れなかったぞ」

「またそんな適当なことを……」

「本当だ。大事なカレシの危機なんだぞ」

カレシなんて言い方をされ、なぜか妙に照れ臭くなる。

「まだちょっと傷が残ってるな」

唇に指で触られ、ビクリとなった。

男に殴られてできた傷だ。もう痛みはほとんどないが、治りかけの傷というのは厄介なもので、痒くて、疼いて、一度気になり始めると無視できなくなる。ただ、坂下の唇の上にあるものが、治癒しかけの傷によるものなのか、斑目の指に触れられたからなのか、よくわからない。

「何されたんだ？　先生」

「殴られただけですよ。斑目さんがあんまり下ネタばっかり口にするから、ちょっと思わせぶりな言い方をしただけです」

あれはいい反撃だったと思ったが、いざこうして釈放されてしまうと、逆に自分を追いつめる材料になるのだと思い知らされた。

「思わせぶりか……。俺を振り回すなんて、先生もなかなかだな」

本当は振り回されてなどいないくせに……、と危険な香りを振りまきながら迫ってくる斑目に心の中で不満を零すが、坂下の心を読んだかのような言葉が返ってくる。

「本当だよ。先生に振り回されっぱなしだ。俺をこんなに夢中にさせた奴は他にいない」

囁かれ、なんてセクシーな男なんだと思った。抑え気味の声を耳元で聞かされただけで、心が蕩けてしまう。どうしようもなく、発情してしまう。

「大変な目に遭ったな」

優しい目をされ、返事に困った。

「心配してたんだぞ」

坂下が何も言わないからか、斑目は次々と言葉を注いでくる。

なんのことはない、ごく普通の台詞だ。特に卑猥《ひわい》なことを囁かれたわけでも、抱きたいなどと言って誘われたわけでもない。けれども、目が誘っているのだ。雰囲気が誘っている。躰全体で、一緒に悪いことをしようと坂下を誘惑している。

「あの……」

「先生。なんで俺の目を見ないんだ?」

「べ、別に」

「先生が恥らうと、歯止めが利かなくなる」

「恥らってなんかないですよ」

「そうか?」

声が笑っているのに気づいて思わず視線を上げ、後悔した。

(わ……)

少し斜めに顔を傾けた斑目の表情が目に飛び込んできて、息を呑む。

なんて、色っぽい表情をするのだろう。

坂下が思わず目を閉じると、唇に斑目の唇が触れた。触れるだけのバードキスだが、それすらも斑目にかかると心を蕩かす愛撫になってしまう。触れられた部分から熱を持ち、手に負えなくなってしまうのだ。

「見てやろうか?」

「な、何をです?」

「先生が、本当に何もされてないか、見てやろうかって言ってるんだよ」

何をされるのかと斑目を凝視していると、その視線は唇へと移り、さらに下へと移動して開襟シャツの襟元へ到達した。

ゴクリ、と唾《つば》を呑んだ途端、斑目の表情がいっそう優しくなる。

「緊張してるのか、先生」

「……っ」

「こういうところだと、興奮するな」

斑目は静かに言うと、坂下のメガネをそっと外してから、こめかみに唇を押し当てた。


欲望に火のついた獣を黙らせるには、躰を使って宥めるしかないのかもしれない——。

坂下は、それを痛感していた。斑目は、シャツに顔を埋《うず》めるようにして坂下の躰をまさぐっている。

まだ直接肌に触れられていないのに、肌がシャツに擦《こす》れる感覚だけで声をあげるほど感じてしまっていた。

「んぁ……っ」

坂下は、斑目の下であがる息をなんとか抑えようと足掻いていたが、どうやっても悪あがきでしかない。

「先生。ようやく戻ってきたな」

「……っ、……ぁ……っ」

今、坂下は斑目でいっぱいだった。耳元で囁かれる声。熱い吐息。匂い。感触。五感のすべてを征服されている。

しかも、先ほどから斑目の屹立が太股に当たっているのだ。恥ずかしげもなく己の逞しさを誇示してみせる斑目に、なんて男だと思うが、発情を促されているのは事実で、坂下は次々と自分の中から湧き上がってくる劣情を持て余していた。

坂下も健康な男だ。四六時中世のため人のためと考えているわけではない。

こうして触れられると、浅ましい一面を覗かせてしまう。

「先生が、あんなところにぶち込まれて、気が気じゃなかったんだぞ」

留置所に入れられたのは坂下のせいではないのに、まるでおイタをした子供を叱るように言われ、恥ずかしくなった。

斑目は、羞恥を煽るのが上手い。恥ずかしがっている自分が恥ずかしいと感じるほど、いつも煽られる。それは見た目や抱き心地に対する絶賛だったり、斑目の愛撫に対する坂下の反応に対するものだったり、逐一説明される状況だったりする。

欲望を孕《はら》んだしゃがれ声が、いっそうそう感じさせているのも事実だった。

「もしあのまま、刑務所にでも入れられたらと思うと……」

斑目はそこでいったん止め、こう続ける。

「……興奮した」

低く呟《つぶや》かれ、坂下は頬を紅潮させた。

「――な……っ」

なんてことを言うんだと斑目の常識を疑うが、この男にそんなものを求める方が間違っている。何度も思い知らされてきたというのに、改めてそれを実感した。

「先生が夜な夜な男どもに襲われるところを想像しちまって、興奮したよ」

「さ、最低……っ」

頭の中とはいえ、他人に官能小説の主人公みたいな真似をさせるなと言おうとすると、斑目は自分でも呆れていると言いたげに笑ってから、さらに続けた。

「刑務所は、先生には危険すぎる。オオカミの群れに軍鶏《しゃも》を放り込むようなもんだ。欲求不満の男どもが、涎《よだれ》を垂らしながら餌《えさ》を待ってるんだからな、さすがに無事じゃいられねぇだろう？」

「テレビの、見すぎ、ですよ……っ。そんな、簡単に……身に覚えのないことで、刑務所になんか……、……ぁあ」

「まぁ。大丈夫だろうと踏んでたから、妄想できたんだがな」

「へ、変な妄想、しないでください」

抗議するが、いったんこうなると斑目を止めることはできない。さらに調子づいて、坂下をいけない遊びへと誘ってくる。

「な、刑務所ごっこでもするか？」

「そんなことするわけ……っ」

「俺が部屋のボスで先生が新入りって設定はどうだ？」

「や、……やめてください」

そんな遊びはできないと言ったつもりだが、その言い方が逆によかったようで、斑目はますます調子づいたように愉しげに言った。

「刑務官と囚人ってのも、そそるよな。どうしようもない連中を相手に自分の職務をまっとうしようとする新米刑務官なんて、この街で奮闘する先生にぴったりだ」

よくそんな設定を思いつくものだと感心する。

「まず、尻を調べてやるよ」

躰を反転させられ、ソファーにうつ伏せになった坂下は背中からのしかかられた。スラックスを手早くくつろげられ、いきなり下着の中に手を突っ込まれて尻を摑まれる。

割れ目を辿《たど》り、奥にある蕾を探り当てる斑目の指は心まで探るようで、なんていやらしい触れ方をするんだろうと思った。斑目の指は巧みで、すぐに火がついてしまう。

「ここは初めてか？」

「……っ」

「初めてかって聞いてるんだよ」

「何言って……っ」

いきなり芝居がかった言い方をされ、耳まで真っ赤になった。顔を見られまいと深く項垂れたまま、その世界にすっかり浸っている困った男に抗議の声を漏らす。

「も……、いい加減に……っ」

「できねぇか？」

「あ、当たり、前じゃ……ないですか……っ」

イメクラまがいのことなど、そう簡単にできるはずがない。そんな恥ずかしいことをするには、常識や理性など邪魔なものが多く残りすぎている。

すると、意外にも斑目は甘えるように唇を耳元に寄せるのだ。

「じゃあ、先生。一回だけでいいから、刑務官になったつもりで『やめなさい』って言ってみてくれ」

「……っ」

「一回だけだよ。な？」

甘え上手な大人は、坂下にとんでもないことを要求する。

卑猥な単語を口にしろと求められているわけではないが、その台詞はどんな言葉よりも口にするのが恥ずかしかった。まだ、あからさまな台詞の方がマシだと思える。

けれども、斑目は執拗《しつよう》にその言葉を言わせたがった。できないと目で訴えても、諦める気配はない。甘えた声でねだり、聞かせてくれと催促する。

「ほら、一回でいいから」

斑目の願い通りに口にしなければいつまでもねだられると、坂下は覚悟を決めた。

たった一度だけだ。できるだけ聞こえないよう、小さな声で言えばいいのだと自分を納得させる。

「やめ……」

言いかけて、やはりできないと坂下は口を噤んだ。後ろを振り返り、坂下の顔を覗き込む精悍な顔立ちの男を恨めしげに見て許してくれと訴えるが、斑目の視線は優しく坂下にねだっている。

（もう……）

今度こそ、観念した。負けだ。斑目には逆らえない。その要求がどんなにとんでもないことでも、最後には許してしまう。

もう一度、覚悟を決めた坂下は、思いきってその言葉を口にする。

「や、やめなさい」

少し強く言ってやると、いきなり斑目の手が情熱的になり、躰じゅうをまさぐり始めた。

「先生、ズキュンときたぞ」

「んぁ、……や……っ、……ぁあ……っ」

「耳に焼きつけといたから、先生が留守しても夜は安心だ」

何に使うんだと言いたくなるが、この男のことだ。聞けば、恥ずかしげもなくその用途を教えてくれるだろう。まったくとんでもない男を好きになったものだと、注がれる愉悦に悶《もだ》えた。

「ぁあ、あ、……はぁ、……んぁ……っ」

「……悪いな。歯止めが、利きそうに、ない」

斑目は苦笑いしてから、坂下の首筋に歯を立てた。

「あ！」

自分が仕掛けたというのに、坂下の台詞に思いのほか刺激されたのだろう。

いつも以上に情熱的で、坂下もあっという間に快楽という名の濁流に呑まれていった。我を忘れたように襲ってくる斑目に昂ぶり、ますます感じやすくなってしまう。

（あ、やばい……）

坂下は、自分がどんどんコントロールできなくなっているのに気づいた。

やめなさいと言っただけだ。三流ポルノにありそうな設定の台詞だ。命令される立場の人間が、命令する側の人間を好きにする——。

どこにでもある、ありきたりの設定だ。

けれども、坂下は刑務官の自分を襲う囚人の斑目を想像してしまい、それをやめることができなくなっていた。一度脳裏に浮かんだ妄想は消えてくれず、坂下は次第にその世界に引き込まれていき、どっぷりと浸かってしまう。

囚人の斑目に犯されるシーンは、坂下にある言葉を繰り返させていた。

やめなさい。

やめなさい。

戻りなさい。

房に、戻りなさい。

頭の中で反芻《はんすう》していると、本当に囚人である斑目に犯されている刑務官になった気がして、興奮した。

なんて、浅ましくて恥ずかしい男だろう。

「どうした？　先生も乗ってきたか？」

「ぁ……っ」

耳朶を嚙まれた瞬間、ぞくぞくっと背中がわなないた。すっかり火のついた躰は、飢えた獣のごとく快楽を欲してしまう。

「これが欲しいのか?」

下着とスラックスを太股のつけ根までずり下ろされ、あてがわれて、坂下は息を呑んだ。自分の奥から湧き上がった感情に任せて出てきたのは、素直な言葉だ。

欲しい。

これほど飢えていたのかと我ながら驚き、そして坂下は、尻を突き出すような格好で挿入を待った。

「いい格好だ。男を刺激されるよ」

「……っく、……ぁ、んぁ、あっ、——ぁあぁ……っ!」

次の瞬間、斑目は容赦なく深いところへ侵入してきた。根元まで咥え込むと、一瞬意識を手放しそうになり、ソファーの上に置いた拳をきつく握り締める。

「んぁ、ぁあ、あっ、……はぁ……っ」

繋がった部分はジンジンと熱く、斑目が動き始めるとそこは灼熱《しゃくねつ》に包まれた。熱くて、蕩けそうで、そして腰が抜けるほどの快楽に襲われる。

荒っぽい息を吐きながら動物のように襲いかかってくる斑目に、自分は獲物なのだと痛感させられた。こうして斑目に組み敷かれていることが自然なのだとすら思えてきて、乱暴に抱かれることに酩酊《めいてい》する。

土足厳禁

「ぁあ、あ、はぁ……っ、あ、あっ」

坂下は切れ切れに息をしながら、小刻みに声を震わせた。斑目の屹立も、いつも以上に隆々としている気がし、あまりの逞しさに膝《ひざ》が震えてしまう。どうしようもなくて、震えながらも、貪欲に欲しがる自分を抑えられない。

「ぁ、あ、……ぁあっ」

斑目が自分をじっと見下ろしているのが、気配でわかる。ひくっと筋肉が収縮したのは、見られていると感じたからだ。浅ましい姿を見られて、感じてしまった。

「先生、色っぽいぞ」

「見ないで、くださ……」

そう訴えるが、聞いてもらえるはずなどない。ゆっくりと腰の辺りを撫でられ、優しい手つきに熱い吐息を漏らすと、いきなり尻をきつく摑まれて奥を突かれる。

「んぁあっ！」

指が尻に喰い込むほどきつく摑まれたまま、坂下は何度も突き上げられた。気を失うかと思うほど乱暴だが、それでも自分から腰を突き出して斑目を受け止める。

その日、坂下の甘く苦しげな声は、いつまでも待合室の空気を揺らした。

「愛人って……男性に見えますけど」

坂下は、克幸の愛人を見て思わずそう呟いていた。

斑目と熱く交わった翌日。坂下は、以前双葉が克幸に連れてこられた店に来ていた。ただし、ひと目で高級店とわかるところに入るほどの度胸はなく、懐事情がよくない三人は、店の裏口が見えるビルの陰に身を潜めて様子を窺っている。

坂下の躰にはまだ斑目の感覚が残っており、昨夜の戯れを忘れさせてくれなかった。けれども、斑目は何事もなかったかのような態度でゴミ捨てをしている克幸の愛人を観察している。

切り替えのよさが少し憎らしいが、今は余計なことを考えるなと自分に言い聞かせてバーテンダーに視線をやった。

「あれで間違いないのか？　俺にも男にしか見えねぇが」

「え、男って言いませんでしたっけ？　バーテンって言ってたでしょ」

「女性のバーテンダーもいますから」

斑目も女だと思っていたらしいが、予想の範疇《はんちゅう》だったようでそれほど驚いてはいない。

男はタバコに火をつけると壁に寄りかかり、夜空に向かって煙を吐いた。

そして、野良猫《のらねこ》がいるのに気づいてしゃがみ込むと、『こっちに来い』と手を伸ばす。

路地裏のバーテンダーと野良猫——なんとも絵になる取り合わせだ。いや、ただ単にあの男が絵になるのか。少し前に雨が降ったせいで路面が黒々と濡れているのも、路地裏の雰囲気をそれらしくしている。

坂下は、美しい絵画でも眺めるようにその様子を見ていた。

「名前は湯月亨《ゆづきとおる》ですって。この店で働くようになって五年くらいみたいっすよ。愛人歴は長そうです。崩せますかねぇ」

「俺様のフェアリーを見せれば一発で跪くってもんだ」

黄門様の印籠《いんろう》でもあるまいし、見せただけでひれ伏すわけがない。相変わらず自信満々な男だと、なるべく相手にしないようにぞんざいに言い返す。

「はいはい。あーもう、とっととご自慢のフェアリーで懐柔してきてください」

坂下は、斑目の背中を押して送り出してやるとすぐに物陰に隠れた。人の気配に気づいた湯月は、斑目の姿を見てタバコを路上に捨てて靴で踏み消す。

突然現れた男が自分に用があるとすぐにわかったようで、警戒心を覗かせた。ピリリと空気が引き締まったのが坂下のところまで伝わってくる。

しかし、何も言わない。

二人を見ていると、殺し屋とターゲットが対峙《たいじ》しているように見え、同時に、引き裂かれた恋人たちが数年ぶりの再会をしたような雰囲気も感じた。ゴクリと唾を飲んで、成り行きを見守る。

「あんたが、湯月亭か？」

「あなたは？」

「俺か？」

斑目はすぐには答えなかった。敢《あ》えてすぐに明かさないことで、相手の興味を誘おうというのだろう。しかし、湯月という男は斑目の正体がわかったようだ。

片方の眉《まゆ》を軽く上げてみせる。

「まさか……」

「そのまさかだよ」

察しのよさに、斑目はニヤリと笑った。そして、今度は斑目がタバコに火をつけ、闇に紫煙をくゆらせる。音もなくゆっくりと漂うそれは、二人の間をしばらく漂ってから風景に溶け込むように消えた。

「あの人に腹違いの兄弟がいるとは伺ってましたが。やはり似てますね」

「似てると思うか？」

「ええ」

「俺の方がイイ男だろうが」

「さぁ、どうでしょう」

湯月は口元に笑みを浮かべた。

それが友好的な笑みなのか、くだらないことを言う男に呆れて漏らした笑みなのかよくわからない。けれども、魅力的な表情には変わりなかった。

湯月は、ただ者ではない。なぜかそう感じてしまう。

「俺に近づいてくるなんて、何が目的です？」

「察しがいいな」

「ヤクザの愛人ですから」

坂下は、ハラハラしながら二人の会話に耳を傾けていた。

表通りの賑《にぎ》わいは遠く、この路地裏がことさら静かに感じた。シンとした空気に、息が詰まりそうになる。しかし、楽に呼吸をしようとすれば二人の会話を邪魔してしまいそうで、それもできなかった。

「あいつは、あんたをちゃんと抱いてやってんのか？」

「まぁ、ときどき」

隠しもしないところがすごい。

男の恋人を持つのならあれくらい開き直ることができなければならないのかと思い、とても自分にはできそうにないと思った。もし、誰かに斑目との関係を探られたら、慌ててしまってまともに対応することすらできなくなるだろう。

「なんだか、すごくエッチな雰囲気なんですけど……」

双葉がポツリと言った。

坂下も感じていたことを言葉にされ、同意する。

確かに、湯月というバーテンダーは雰囲気があるのだ。顔立ちも男前で、スタイルもかなりいい。いつも寝癖のついている坂下とは違う。

そして、男に抱かれていることを隠しもしない堂々とした態度——。

「先生、妬いちゃ駄目っすよ。あれは斑目さんの作戦なんっすから」

「別に妬いてないですけど、でも……エッチですよね」

「え……」

意外そうな顔をされるが、妬いてないというのは本当だった。ただ、何も感じていないのとは違う。

セクシーなシーンを見ているようで、ドキドキするのだ。濡れ場という意味ではなく、駆け引きめいたやりとりが絵になる。

自分が相手だったら、あんなシーンは演じられないだろう——そう思うと、まるで憧れの俳優が出ている映画でも見ているような感覚に見舞われた。

相手役が自分でなくとも、その魅力に胸が高鳴る。

「なんか、斑目さんじゃないみたいですよね」

刑務所の中の坂下を想像して興奮したと言った斑目を罵った坂下だが、自分ももしかしたらマニアックなのかもしれないなんて思いが脳裏をよぎった。

そんなことを考えているうちに、会話はどんどん進んでいく。

「俺に寝返らないか？」

「どうして？」

「興味あるだろう？　あいつの兄貴だぞ。男なら、どっちも味見してみたいだろう？」

「俺ってそんなに節操なく見えますかね？」

「どうせ大勢いる愛人の一人だろうが。あいつに義理立てする必要もねぇよな」

「よくご存知で」

嬉しそうに笑ったのは、はっきりと言葉にする斑目に好感を抱いたからだろうか。まんざらでもないように見えた。

もしかしたら、本当に斑目は湯月を落としてしまうかもしれない。

しかし、そう思ったのもそこまでだった。

「俺があの人を裏切ってあなたに寝返ると思ってるんですか？」

「希望としては、そうだな」

「あの人が破滅するところも見てみたい気はするんですがね、自分の身が危ういのでやめておきます。それに、セックスもいいんで」

「残念だ」

喰い下がると思ったが、斑目はあっさりと諦めた。しかし、今はそれでいいのかもしれない。まだ接触したばかりだ。一朝一夕に落とせる相手ではない。

「じゃあ」

湯月はそう言い残して、店の中へ戻っていった。息を殺すようにして見ていた坂下は深呼吸をしてから物陰から出ていき、斑目の隣に並んで湯月の消えたドアに目をやる。

「斑目さんのフェロモンならいけると思ったんっすけど、『セックスもいいんで』だなんて、妬けますね～」

何気なく零された双葉の言葉が気に入らなかったようで、斑目がこめかみをピクリとさせた。どうやら、湯月が揺らがなかったのがご不満のようである。

（あ、いつもの斑目さんだ……）

先ほどの妖《あや》しい空気の中で見た斑目とは違う。こちらはいつもの斑目だ。診察室の窓の下で、座り込んで双葉と一緒に下ネタを口にして喜んでいる子供っぽい困った大人。

それを見て、なんとなくホッとする。

駆け引きめいたやりとりをする斑目もよかったが、やはりこちらの方がいい。

「残念でしたね、斑目さん」

いつもの斑目が嬉しかったのか、坂下はあてつけがましく言ってやった。

「なんだその目は」

「べっつに～」

わざとそんなふうに言い、斑目に聞こえるように双葉に耳打ちする。

「大きなことを言ってたけど、全然駄目でしたね～」

「そりゃあ克幸さんと長いみたいっすからね。さすがに斑目さんでも無理ですよね～」

「大体、自分の魅力を過信しすぎですよね～」

「ですよね～」

「ね～」

二人でわざと顔を合わせて、女の子がやるように「ね～」と連呼した。いつも斑目がからかう方なのに、今日は立場が逆転している。子供のようにふざける坂下と双葉に、斑目は相手にしないのが得策だと思ったのか、一瞥しただけで反論はしない。

「だが、これでわかったよ」

「何がです？」

「あのバーテン、ただの愛人じゃねぇな」

「どういう意味っすか？」

「特別ってことだ。克幸はな、飽きっぽいんだよ。なんでもあっさり手に入るぶん、すぐに飽きる。あいつが先生に執着するのも、簡単に手に入らないからだ。長く続くなんて、めずらしいことなんだよ。しかもあのバーテン、克幸が破滅するところを見てみたい気もするなんて言いやがった。ああいうのは、克幸の好みだぞ」

本当にそうなら、湯月を味方につけられるかどうかが鍵になってくる。

長年克幸の愛人の立場にいる男が、そう簡単に懐柔できるのか——。

どう見てもこちらに有利な状況とは言えず、不安を抱かずにはいられない。

「だったら、斑目さんの魅力が今後の運命を左右するってことっすよね」

双葉が、顎《あご》をさすりながら「う～ん」と考え込んだ。こんな時だというのに、呑気《のんき》なものだ。けれども深刻になっても精神的疲労を蓄積させるだけだと、双葉のおふざけに乗ってみる。

「本当に斑目さんのフェアリーが役に立つんですかね」

「どうっすかね～」

「だって、克幸さんの方がどう見ても一般受けしますよね～」

「そうっすよね～」

「克幸さんはお金持ちだし、ね～」

「普通は克幸さんですよね～」

「ね～」

「ね～」

「――おい、いい加減にしろ！」

さすがにむっとしたらしく、斑目は声を荒らげた。斑目がよくやるように、すぐさま双葉とともに「わ～い」と言って逃げてやる。

「おい、待て！」

「斑目さんが怒った～」

「にっげろ～」

坂下たちは駅の方へと逃げていき、それを斑目が追いかける。

克幸が坂下を手に入れようと画策している危機に直面しているとは思えなかった。けれども、どんな時でもこうして笑うことができる。それは、何よりも大事なことだった。

護りたい――。

斑目に追いかけられながら、坂下は心底思った。

護りたい。街の人間も、斑目や双葉のいる日常も、自分が大事にしているものはすべて護りたいと。何一つ手放したくないと……。

欲張りかもしれないが、坂下は強く願わずにはいられなかった。

雨が降っていた。

九月に入ってからは、台風が立て続けに発生して大荒れの天気だ。まだ日本を直撃していないが、そろそろ大きな嵐《あらし》が来そうな予感がする。

雨は年老いたホームレスにも厳しい環境を与える。気圧の変化も手伝ってか、体調を崩す者も増えていて夜の見回りが欠かせなかった。

斑目の方はというと、もう少しチャンスを窺ってみると言って湯月との接触を試みており、診療所に顔を出さない日が続いている。双葉も夕方頃顔を出したが、斑目とは別に克幸の弱点を探ろうと動いているためすぐに姿を消した。

「あ〜あ、夕飯なんにしようかな」

夜の七時を回った頃。カルテの整理を終えた坂下は、白衣を脱いで背伸びをした。まだホームレスたちの見回りが残っているが、先に腹を満たすことにする。

「こんばんは〜、先生ぇ〜」

診療所のドアが開いたかと思うと、作業着姿の男が現れた。

「あ、小川さん!」

小川はぺこりと頭を下げて、少し気まずそうな顔で苦笑いをする。ドラッグの一件でアパートを訪れて以来電話では話をしているが、こうして再び会うのは初めてだ。

こんな顔をするのも、仕方のないことなのかもしれない。

「よく来てくれましたね。仕事忙しいって言ってたのに、嬉しいです」

「今日は仕事が早く終わったから、一度ちゃんと礼をしねぇとと思って来たんだ」

「無理してません？」

「ああ。クスリもやってねぇし、真面目に働いてる。もう完全に手を切ったよ。これもみんな先生たちのおかげだ。それで、先生に礼がしたくってな」

「そんな……いいんですよ」

「いや。それじゃあ俺の気が収まらねぇ。今日はよ、先生に旨いもんでも喰ってもらおうと思ってよ。それに、留置所での話も聞きてぇしな」

からかわれ、坂下はクスリと笑うと小川の言葉に甘えてごちそうになることにした。

「実は、夕飯何にしようって思ってたところなんです」

「じゃあ、決まりだ。トラックを停めてるから、乗ってくれよ」

「はい。少し待っててください。準備してきますから」

「おう、車に乗って待ってるよ」

坂下はすぐに戸締りをしてから小川のトラックに乗り込んだ。

「すみません。お待たせしました」

「いいってことよ」

「仕事どうです？　最近雨が多いから、荷物の積み下ろしも大変そうですね」

「ああ。雨が降ると道も混むからなぁ。事故も起こしやすくなるし、気をつけねぇと」

雨の勢いは増しており、フロントガラスに叩きつけるように降っている。こんな天気なのに、店は開いているんだろうかと思い、少し不安になった。

「あの……どこに食べに行くんです？　店、開いてますかね」

「このくらいの雨なら店はやってるから、大丈夫だよ」

トラックは馴染みのない場所を通り、坂下が住み慣れた街からどんどん離れていく。

あとどのくらいで着くのかと聞こうとしたが、トラックは左折して倉庫街の中に入っていくと、そこで停車した。

人気はなく、雨が降っているせいもあって辺りは暗く、物陰から魔物でも出てきそうな雰囲気が漂っていた。実際に姿を現したのは、架空の生き物ではなく、スーツの男たちだ。

「あの、小川さん」

小川はハンドルを握ったまま前を凝視していた。坂下の声は聞こえているようだが、微動だにしない。握り締められた手が震えているのは、寒いからではない。震えるほど、力を籠めているからだ。見開かれた目は、血走っている。

「おい、降りろ」

ドアが開けられ、スーツ姿の男に命令された。どう見ても堅気の人間ではない。

「小川さん、これはどういう……」

「いいから降りろ！」

拳銃《けんじゅう》を向けられ、坂下は仕方なくゆっくりと助手席から降りた。すると、銃を突きつけられて歩けと命令される。

連れていかれた倉庫の中には、克幸がいた。

「久し振りだな」

「……なんの真似です」

坂下の言葉に克幸は何も答えず、ニヤリと笑っただけだ。わざわざ言葉にしなくてもわかるだろうという態度に、悔しさが込み上げる。

「先生っ、すまねぇ！」

運転席から降りてきた小川が、坂下の横に跪いて土下座をした。コンクリートの床に額を擦りつけんばかりにしている。

「小川さん、まさかまだドラッグを……。あれは嘘だったんですか！」

「ド、ドラッグはやってねぇ。あれから一度も手は出してねぇ。先生に言われて、本当にやめたんだ」

「じゃあ、なんで……っ」

「会社にバラすって言われて、ドラッグに手ぇ出したことをバラすって……っ、言われたんだよっ！　俺がドラッグを受け取ってるところや、隠れて吸ってるところを写真に撮られてて、それで……っ。刑務所にぶち込まれたら、それこそ俺はおしまいだ」

「なんてことを……」

克幸を睨みながら言い、奥歯を噛む。

「どうして、小川さんを巻き込むんです。こんな手の込んだことをしなくても、俺を拉致《らち》すればいいだけの話じゃ……」

言いかけて、坂下は口を噤んだ。克幸の思惑がわかったからだ。

力ずくで拉致したところで、それは物理的に自由を奪うだけだ。それでは、ダメージは少ない。

克幸は、坂下の大事なものを奪っていき、少しずつ弱らせてやろうという魂胆だ。そして、抵抗する気を奪って自分にひれ伏させる——。

だから、わざと小川に裏切らせた。

たとえ克幸の下から逃げ出したとしても、また誰かを巻き込んでしまうと刷り込むためにわざわざ小川を使ったのだ。

「これでもまだ、俺に抵抗する気か?」

なんて汚い真似をするのだと、拳を握り締める。克幸を殴ってやりたかった。掴みかかって、小川の苦しみを少しでも味わわせてやりたかった。

「ほら、約束通りこれは返してやる」

克幸が、小川に茶封筒を投げて渡す。中身は、小川を脅迫していたネタの証拠だろう。

「用が済んだらさっさと行け」

小川はすぐには立ち去らなかった。自分の身を護るために坂下を誘い出し、そして、克幸に引き渡したのだ。自責の念に駆られているに違いない。

「先生……」

罪悪感でいっぱいだという顔だった。裏切ってしまったことへの激しい後悔の念が見て取れる。見ている坂下の方が心が痛くなるほどの表情だ。

「すまねぇ」

震える声で小さく言う小川に近づいていき、坂下も跪く。

「いいんですよ。もう土下座なんてやめてください」

「……っ」

「いいんです。小川さんを巻き込んだのは俺ですから。俺こそ、すみません」

「せ、先生……」

「俺の問題に巻き込んでしまって、小川さんまでターゲットにされて……」

土下座をしたままの小川から嗚咽《おえつ》が聞こえてきた。肩が震えているのがわかる。啜《すす》り泣く声も漏れてきて、胸が痛くてならなかった。

「先生、本当にすまねぇ！」

そう叫んだ小川は、目を合わせないまま走り出して倉庫の外に飛び出した。雨音に混じってエンジン音が聞こえてきたかと思うと、それはすぐに走り去っていった。

「満足ですか？」

坂下はゆっくりと立ち上がり、克幸と対峙する。

「さすが優しいな。自分を陥れた相手をああもあっさり許すとはな」

「小川さんは、こうせざるを得ない状態に追い込まれただけです。仕方なくやったんですよ」

「仕方なく、ね……。底辺を這い回ってる奴の言い訳は、いつも同じだ」

克幸の舎弟たちが、両側から脇を固めるように坂下の腕を摑む。克幸は倉庫の中まで乗り入れられたベンツに乗り込み、坂下は後ろ手に縛られて別の車の後部座席に詰め込まれた。

逃げるチャンスはないかと窺っていたが、両側に人が座っているため一瞬の隙もない。もう駄目だ――諦めが胸に広がり、力を抜く。しかし次の瞬間、加速を始めた車が急ブレーキをかけて停車した。

雨のせいで外がよく見えず、何が起きたのかと身構えていると、運転席と助手席に座っていた男が威嚇しながら車外へ出ていく。銃声も聞こえ、坂下は息を殺して騒ぎが収まるのを待った。

そして――。

「——先生……っ」

「斑目さん！」

斑目と双葉だった。

「てめぇ！」

右隣に座っていた男が叫びながらスーツの上着の中に手を入れたが、拳銃を手にする前に車外に引きずり出された。そして、拳一つであっさりと地面に沈められる。

「おっと。あんたも降りてもらおうか？」

舎弟から奪った拳銃を握った斑目は、後部座席にもう一人残っていた舎弟に銃口を向けた。

その間に、双葉が運転席へ滑り込んでエンジンを吹かす。

克幸の車が戻ってくるのが見えたが、邪魔な男たちを全部排除すると、双葉は後ろ向きとは思えない速さで車を走らせた。急ブレーキをかけてドリフトで方向転換し、追いかけてくる克幸の車を尻目に街の方へと向かう。

「よかった、間に合って」

「どうして？」

「先生のところにトラックが停まってるのが見えたんっすよ。小川さんがいたから声をかけようと思ったんっすけど、なんか様子がおかしくて。診療所の中を見ながら深刻な顔で携帯で連絡取ってたし」

「トラックの荷台にこっそり乗り込んで、ここまでついてきたんだよ。運がよかった」

手首の縛めを解いてもらおうとしたところで、銃声が響いた。

「頭を下げてろ！」

街中で拳銃をぶっ放すなんて、とんでもない男だ。誰かに見られても構わないとでもいうのだろうか。

「くそ、滅茶苦茶しやがる」

斑目はそう呟き、頭を低くしたまま後ろを振り返った。坂下もヘッドレストの間から、後ろを覗いてみる。追ってくる車は二台。

しかし、双葉は目を見張るようなドライビングテクニックで車を走らせて、街まで戻る。

「まいたか？」

「さぁ、どうっすかね。あっさりしすぎてるような気も……」

双葉が言い終わらないうちに、懸念は現実となった。先回りしていた克幸の車が、前から走ってくるのが見える。

「くそ、突破すんのは無理だな」

川の近くで克幸のベンツに捕まり、三人は車を乗り捨てて走った。けれども、そう簡単には逃がしてくれない。きつく縛られていたため、まだ腕の拘束を解かれていない坂下は、あっさりと取り囲まれて逃げ道を塞がれてしまう。

それに気づいた斑目が、拳銃を持った克幸の舎弟たちに素手で立ち向かった。

「お前らの相手はここだよ！」

「ぐぁ……っ！」

「テメェ……ッ、ぐ……、――ぐふ……っ」

「先生、大丈夫っすか！」

「はい！」

風はいっそう勢いを増していた。既に暴風雨といってていいほどで、その中を斑目について川沿いの道を走っていく。

その時、克幸の車が再び三人の行く手を阻むように回り込んでくるのが見えた。後ろには舎弟たちがうずくまっているが、またすぐに立ち上がって向かってきそうだ。

どう逃げようかと立ち止まった瞬間、克幸が車から降りるのが見えた。

この雨の中でも、克幸はポケットに手を入れたまま余裕の態度を崩さない。舎弟が慌てて傘を差すが、顔に叩きつける雨など、気にならないようだ。

そして、克幸の手が内ポケットに伸びる。

「幸司ぃ！」

次の瞬間、嵐を切り裂くように克幸の声が響いた。銃口の向けられた先は、もちろん斑目だ。斑目はすぐに身構えたが、一瞬の遅れを取った。

「斑目さん……っ！」

風の音に混じって、乾いた音が微かに響く。同時に、斑目の躰が反転するようにして川の中へ吸い込まれていった。

「──斑目さん……っ！」

手を伸ばそうとしたが、縛られているためそれすらもできない。声は風にかき消されて、斑目に届いたかどうかもわからなかった。

「斑目さん、先生っ！」

双葉も慌てて斑目を助けようとするが、すでにその姿は濁流に呑み込まれて確認できない。

（嘘だ……っ）

坂下は、目の前で起きたことが信じられなかった。舎弟たちが駆けつけてくるのが見え、坂下は双葉に逃げるよう言う。

「双葉さんっ。俺はいいから、逃げてください」

「でも先生っ」

「それより、斑目さんをお願いします！」

双葉は迷っているようだったが、舎弟たちがすぐ近くまで迫ってくると後ろ髪を引かれるような表情を残して逃げていき、建物の塀によじ登って敷地の中に消えた。ほどなくして、坂下は追いついた舎弟たちに髪の毛を摑まれて再び引きずっていかれる。

「逃げたか」

双葉の走っていった方向を見た克幸は、顎をしゃくって舎弟たちに「追え」と合図し、坂下とともに車に乗り込んだ。

「出せ」

激しい雨が、フロントガラスを洗っている。

後ろを振り返るが、雨と闇のせいでよく見えなかった。けれども、双葉を狙って克幸の舎弟たちが銃を撃っているのはわかった。

(――双葉さん……っ)

斑目を助けるどころか、双葉の命すら危ない。坂下の様子に気づいた克幸が、濡れて落ちてきた前髪をかき上げながら勝ち誇ったように言う。

「先生。あんたには、もっと苦しんでもらう」

愉しげな声が、坂下には心底恐ろしく感じられた。


坂下が目を覚ますと、薄暗い空間が広がっていた。

(どこ、だ……?)

一瞬、自分に何が起きたのかわからなかったが、すぐに思い出す。

斑目が撃たれた瞬間が脳裏に蘇り、ぼんやりとしていた思考が一瞬にして目覚める。

自分の状態を確かめると、後ろ手に縛られ、パイプ椅子に座らされていた。ここに連れてこられたのは、どのくらい前だろうか。

克幸が用意したのは、街から離れた人気のない山の麓《ふもと》にある建物だった。もともとは病院だったようで、以前、克幸の命令で手術を行ったところとは違って随分と広かった。

ここなら多少音が外に漏れても、それを聞いて駆けつける人間などいそうになかった。山は克幸が所有している土地なのかもしれない。

まだ残暑の季節だというのに寒々とした雰囲気があり、窓から出られないよう鉄格子が設けられていた。夜空が見えるが、曇っているのか星一つ見えない。今が何時なのかもわからず、ただ黙って時間が過ぎるのを待つ。

(俺は、どうなるんだ……)

それから、どれくらい経っただろうか。

舎弟たちの声がしたかと思うと、ドアが開いた。

入ってきたのは、もちろん克幸だ。克幸はコツコツと靴音を鳴らして真っすぐに坂下の前までやってくる。磨き上げられた革靴には、汚れなど見当たらない。それどころか、指紋一つついてなさそうだ。

「先生。いい格好だな」

「俺を、どうするつもりですか？」

「働いてもらうぞ。いろいろとな……」

「あなたのためになることなんか、何一つしませんよ。——ぐ……っ！」

いきなり手の甲で殴られ、口の中に血の味が広がる。しかし、殴られても気持ちはまだしっかりしていた。どんなに力でねじ伏せようとしても、人の心はそうはいかない。

「俺は幸司のように優しくないぞ、先生」

「う……っ」

髪の毛を摑まれ、上を向かされる。引きちぎられるのではないかと思うほど強く摑まれても、坂下は睨むのをやめなかった。

殴るなら殴ればいい——。

声には出さなかったが、坂下の思いは克幸にはわかっているだろう。

「どうやって楽しませてもらおうかな」

「——ん……っ」

唇を重ねられ、いきなり乱暴なキスをされた。逃げようにも身動きが取れない状況で、口内を舐《な》め回される。

「……っ」

舌を思いきり噛んでやると、克幸は摑んだ髪の毛を引っ張って自分から坂下を引きはがした。しかし、血を拭《ぬぐ》うその仕種《しぐさ》には余裕があり、愉しんでいるのがわかる。

舌を噛んだくらいでは、この男は何も感じない。

それどころか、坂下が激しく抵抗すればするほど悦びそうだった。

「そうやって強がっていられるのも、今のうちだ」

髪の毛から手を離され、次に何をされるのかと身構えていた坂下は、意外にあっさりとした克幸にホッと息をついた。背中を向けて立ち去ろうとするのを見て力を抜くが、克幸は踵《きびす》を返すなり手を振り上げる。

「――く……っ、……ぅ……っ、ぐ……っ!」

立て続けに三発。

不意をつかれた格好になり、自分の歯で口の中をざっくりと深く切ってしまう。

油断していたぶん、ダメージも大きい。血が口の中に溢れ出し、地面にそれを吐き捨てた。

「……っく」

「言ったはずだ。俺は幸司のように優しくはないってな。俺が大事に先生を囲ってやると思っているのか?」

「ぐぁ……っ、……ぅ……っ、――ぐぁ……っ!」

もう一発平手打ちを喰らい、勢い余って床に転がり、肩を激しく打ちつけた。そのまま顔を踏みつけられ、じわじわと体重を載せられる。

頭蓋骨《ずがいこつ》が圧迫され、ミシミシと音を立てそうだった。なんともいえない痛みに襲われ、それに耐える。

「く……」

「先生。あんたには俺の仕事を手伝ってもらう」

「仕事？　運び屋でも……やれって、いうんですか」

「あんたにそんなことはできないだろう？」

「俺は、あなたのものになんかなりませんよ」

この男を愉しませるだけだとわかっていても、反発せずにはいられなかった。さも愉しげに嗤う克幸を見て、絶対にひれ伏してなんかやるものかと思う。

「幸司が助けに来ると思ってるのか？」

「思ってて、悪いですか？」

「残念だな。幸司は死んだよ」

「……っ」

「あいつは死んだ」

冷たい目で言われると、本当にそんな気がしてきた。はったりではなく、本当に斑目が死んでしまったのだと……。

しかし、希望を捨てたらおしまいだと、弱気になりそうな自分を叱咤する。

「そんなの、嘘です」

「あの濁流の中で、生きていられると思ってるのか？」

「思って、ますよ……っ。そう、簡単には、死にません」

「信じるってのは、いいことだ。だが、現実も見た方がいいぞ。世の中はあんたが思うほど甘くはない」

「双葉さんが、警察に駆け込んでるはずです。あれだけ拳銃を撃ったら、証拠くらい残るでしょう？　あなただって悠長に構えてられないんじゃないですか？」

「どうかな？」

足を退けられたかと思うと、乱暴に立たされ、今度は壁に勢いよく押しつけられる。

「う……っ！」

胸を強打し、一瞬息ができなくなった。そのまま後ろから押さえ込まれ、自由を奪われた坂下の耳元に克幸の吐息がかかる。

「警察に駆け込んだところで、あの雨の中で証拠がどれほど残ってると思うんだ？　薬莢《やっきょう》は全部拾わせた。他に証拠になるような物が残っていても全部洗い流されてるよ。それに、あの街は特別だ。ふらりとやってきて、ふらりと出ていくような連中ばかりじゃないか。労働者が一人消えたくらいで、警察が動くと思ってるのか？」

「——く……っ」

坂下は反論できなかった。

確かに、克幸の言う通りだ。

しかも、高校生のマグロ事件で警察の心証は随分悪くなっている。被害を受けたとはいえ、高校生にケガを負わせてしまった。あの一件以来、坂下たちは何かと目をつけられている。

斑目がヤクザに撃たれて行方不明になったと言って駆け込んでも、取り合ってくれるだろうか。万が一警察が動いたとしても、あれだけの雨だ。克幸の言う通り、証拠など残っていないに違いない。

何もかもが、自分たちに不利に働いているような気がした。弱気になるなと、その考えを頭から叩き出そうとするが、一度抱いた懸念はどうやっても拭うことはできない。

「先生。ゆっくりと調教してやる。俺に逆らう気なんて起きなくなるようにな」

「離せ……っ」

「幸司のも、咥え込んだんだろう？　何回やった？」

「……ぐ……っ」

壁に押しつけられたまま、耳元で囁かれ、唇を嚙んだ。いいようにされていることが、悔しくてならない。本当はすぐにでも斑目を捜しに行きたいのだ。無事を確かめたい。

克幸の手がスラックスのファスナーに伸びてくると、坂下は覚悟を決めた。

「やるなら、やればいいじゃないですか」

「可愛いな。そんなふうに牙《きば》を剝かれるとますます愉しくなってくる」

「いくらだって犯せばいい」

「上等だ、先生」

スラックスを下着ごと膝まで下ろされ、指で後ろを探られる。何も考えまいと、ただの人形になるのだと自分に言い聞かせた。

(——斑目さん……っ)

あてがわれ、いきなり貫かれる。

「——あぅ……っ」

「どうだ？　先生。こんなふうに犯される気分は？」

「……ぁ……っ、あなた、なんかに……、負けません」

「そうか？」

「そうやって、力ずくで……っ、人を押さえ込んでも、心は……、……ぁ……っく、……はぁ……っ、心まではっ、自分の思い通りには、できない……っ」

なんて酷いセックスをするんだろうと思った。

苦しくて、辛いだけだ。快楽とはほど遠い、拷問のような行為。ただ、相手を自分にひれ伏させるためだけの行為と言っていいだろう。

けれども、この男に屈するわけにはいかない。いつか隙を見て、絶対にここから出てやると自分に誓った。ここから出て、あの街に戻るのだと。

（斑目さん……っ）

いつも下ネタばかりを口する男の顔が脳裏に浮かび、どんな凌辱《りょうじょく》にも、そして屈辱にも耐えてやると誓った。

克幸が再び坂下の監禁されている部屋にやってきたのは、数日が経ってからのことだった。

「今日はしっかり働いてもらうぞ」

冷たく言う克幸を、椅子に座ったまま睨んでやる。

この数日間。坂下は手を前で縛られた状態で過ごした。食事の時も便所に行く時もずっとこの状態だ。もちろんシャワーを浴びることすら許されてはいない。深く眠ることもできず、疲労もたまっている。

しかし、まだ心はしっかりしていた。

大丈夫だ。

坂下は自分に言い聞かせた。

まだ、心は折れていない。大丈夫だ。

まだ、ひれ伏すほど弱ってなんかいないと……。

「俺を睨む気力が残っているなんてな。意外に打たれ強いじゃないか」

「あなたの思い通りにはなりません」

坂下が言うと、まるで子供の戯言《たわごと》でも聞いたかのようにクッと喉の奥で嗤ってみせた。斑目を思わせる笑い方に、なんともいえない気持ちになる。

なぜ似ているのだと、腹立たしく思った。こんなに酷い男なのに、やはり斑目と似たところがある。それが悔しくてならない。

懐の深い、愛情溢れる男と克幸が似ているところがあるのが、許せない。

「そんな口を叩いていられるのも、今のうちだ」

坂下は、克幸の舎弟たちに両側を固められ、部屋を連れ出された。向かっているのは地下のようで、階段を歩かされる。

そこは坂下が監禁されている場所以上に薄暗く、異様な雰囲気が漂っていた。リノリウムの床はひんやりとしていて、あっという間に季節感を奪われてしまう。

辿り着いたのは広々とした部屋で、顔じゅう血だらけになった男が、後ろ手に縛られた状態でパイプ椅子に座らされていた。

「う……っ」

呻き声が聞こえ、かろうじて生きているとわかる。坂下より酷い扱いを受けたのは一目瞭然だ。

「あれはな、俺のシマを荒らした組織の男だ」

「シマを荒らした組織?」

「ああ。俺たちが雇ってる女を逃がして回ってるんだよ。大きなビジネスじゃないが、好き勝手やってもらっては困る。面子をつぶされて黙っているようでは、ヤクザもおしまいなんでね」

ヤクザが中国やフィリピンから女性を密入国させて働かせる話は、よく耳にする。国を出る時はいい条件を出し、日本に来ればすぐに返せると言って密入国にかかる資金を借金として背負わせるのだ。

しかし、それはただの幻で、一度日本に来てしまえば、彼女たちを待っているのは終わりの見えない苦痛だ。どんなに働いても借金を減らすことはできず、使い物にならなくなるまでずっと働かされ続ける。

そんな同胞を助けるために、男は組織の一員として危険を顧みずに動いていたのだろう。

「そいつは組織の中心人物に近いところにいる。組織の情報を引き出したいんだが、なかなか口を割らない。あいつを尋問する手伝いを、先生にしてもらう」

用意されたのは、血圧や脈、心電図などを測る医療器具だ。呼吸器など、万が一の時の準備もされている。

「死なない程度にやれ。いいな」

「そんなこと、できるわけがないじゃないですか！」

なんて滅茶苦茶なことをするのだろうと、にわかに信じ難い光景に呆然《ぼうぜん》とせずにはいられなかった。

自白剤というのは、本来存在しない。ドラッグなどを使い、意識が朦朧《もうろう》となったところで尋問をして口を割らせるという方法を取っているのだ。

秘密を守るには、意志の強さが必要だ。意識を正常に保てない状態にして尋問すれば、それだけ口も軽くなるというわけだ。

けれども、やたらクスリを使えば命も危険に晒される。

「やるんだよ、先生」

「嫌です」

「嫌でもやるんだ」

「何度言われても、できません」

何を言われても意思は変わらないと強く言うと、克幸は笑いながら内ポケットから拳銃を出して男に向けた。

「――ぅぁあっ！」

目の前で、男が膝を撃たれた。

「何をするんです！」

「先生が俺の言うことを聞かないからだ」

駆け寄ると、膝から血が滴り落ちていた。弾は貫通しているが、状態はいいとはいえない。骨が砕けているのは間違いなかった。

この男は、二度と走ることはできないだろう。

「ほら、先生。あんた医者だろう。止血をしてやれ。道具はそこに揃ってる。上に手術室も用意してあるぞ」

「——く……っ」

克幸を睨み、急いで用意されている道具で治療を始めた。止血をし、傷の消毒を始める。

「大丈夫ですか？」

気をしっかり持つよう声をかけたが、男は答えなかった。言葉が通じていないのかもしれない。よく見ると日本人ではないようで、治療をしようとする坂下にまで敵意を剝き出しにしていた。身なりからすると、不法入国者の可能性も高い。

「……酷い」

近くで見ると、拷問の跡がよくわかった。治りかけた傷からして、昨日今日監禁されたのではないと想像できる。少なくとも二週間以上はここで尋問を受けているようだ。

「治療が終わったらそいつの口を割らせろ」

「口を割ったら、殺すんでしょう？」

「さぁな」

「それに、また拷問するってわかってるのに、治療なんてできません」

「だったら死ぬのを見てろ。先生、あんたに死にかけの人間を見捨てるなんてことができるのか？」

「……っ」

坂下は、何も言い返すことができなかった。

ここで坂下が治療して命を取り留めても、また拷問が待っている。口を割るまで、続けられるだろう。口を割ったからといって、解放してやるとも限らない。

どちらに転んでも、地獄だ。けれども、何もしなければ男は確実に死ぬ。

命が尽きるのを、黙って見ていることが果たしてできるだろうか。

「どうする、先生」

命を助けるということは、苦しむために生き長らえさせることと同じだが、死んでいく人間をただ見ているなんて、坂下にはできなかった。

「口を割ったら、助けてやってください」

「先生には、俺に条件を出す権利はないぞ」

「お願いです。助けてやってください」

「まだわからないか？　条件を出す権利なんてないと言ってるんだ！」

克幸は銃を構えると、男に近づいていき、太股のつけ根辺りに銃口を押しつけて引き金を引く。

「ぐぁ！」

「何するんです！」

克幸に飛びつくと、銃を握ったままの手で殴られ、尻餅をついた。

「ぐ……っ」

「俺に命令するな」

男の太股から大量の血が溢れ出し、ズボンを濡らしている。

あの辺りには動脈が流れているのだ。血の量から見て少なくとも血管を掠《かす》ったのは間違いない。このまま何もしなければ、失血死する恐れもある。

迷っている暇はなかった。

「すぐに手術をしますので運んでください」

「手術が終わったら、ちゃんと尋問しろよ」

「そんなことできないって言ってるでしょう！」

「まぁいい。そのうち俺のために働くようになる。まずは手術して俺の役に立て」

克幸の思惑通りにコトが運ぶのは悔しかったが、今は他にどうしようもなく、坂下はすぐに準備をした。


手術を終えた坂下は、シャワーを浴びることを許され、躰をさっぱりさせた後は再び部屋に監禁されていた。しかし、今度はベッドなどがきちんと用意されたまともな部屋で、手の拘束も外された。逃走予防のため、窓に鉄格子はあるが、ある程度自由が許されている。

部屋にじっとしていると、この扱いは男の命を助けた報酬のように思えてきて罪の意識を覚えた。克幸が撃った弾は動脈を傷つけており、坂下が手術をしなければ助からなかったとはいえ、自分が克幸の組織の一員にでもなった気がする。

あの男は、回復を待たずにまた尋問されているだろう。地獄のような時間を過しているに違いない。

(俺は、どうすればよかったんだ……)

坂下は椅子に座ったまま深く項垂れていた。何をする気にもならず、何時間もこうしている。

心底疲れきっていた。

もちろん、手術をしたことの疲れもあるが、男は今頃また拷問にかけられているのだろうかと思うと、本当に助けてよかったのかと疑問を抱いてしまうのだ。あのまま死なせてやった方がよかったのではないかという思いが、次第に強くなっていく。

坂下は、これまで何度も耳にしてきた『尊厳死』という言葉を思い出さずにはいられなかった。

助かる見込みのない患者が、病気による苦痛に耐えきれずに死にたいと訴えることはよくある。医学の発達とは皮肉なもので、技術の進歩が生む苦しみというものが存在しているのは否定できない。モルヒネなどで苦痛を和らげても、薬は次第に効かなくなっていき、苦しみは増す。最後まで希望を失わずに懸命に生き抜いた人はいるが、そんな美談ばかりではない。

死なせてくれと訴える人間を前に、平気でいられる人間がどのくらいいるだろうか。

本人が望んだからといって命を奪えば、医師は嘱託殺人という罪に問われるため誰もそんなことはしない。けれども、苦しむだけの毎日を送らせることを辛く感じる医者もいるのは事実だ。

坂下は今、同じ葛籐《かっとう》の中にいた。

「……やめてくれ」

男の呻き声が聞こえる気がして、坂下はそう呟いた。しかし、耳を塞いでもそれは消えない。悲痛な心の叫びが、坂下のところまで届いて幻聴のように響く。

自分を助けた坂下を恨みながら、苦痛に耐えているのか。早く死なせてくれと思いながら、拷問を受けているのだろうか――何度も繰り返さずにはいられない。

耐え難くなった坂下は、首からかけていたお守りとホイッスルを取り出して握り締めた。いつも心の支えになってくれた大事な宝物だ。

安産祈願と書かれたお守りは、診療所を始めて間もない頃、羊羹とカップ酒を手によく診療所に姿を現していたおっちゃんが死ぬ少し前に坂下にくれたものだ。

お礼だと言って、前歯の抜けた愛嬌《あいきょう》のある笑顔で渡してくれた。

街の連中はどうしているだろうかと思い、急に恋しくなった。

自分が突然いなくなってしまって、困ってはいないだろうか。急病で診療所を訪れた人はいないだろうか。突然のケガで治療を必要としている人はいないだろうか。

いったん思いを馳《は》せると、診療所の日常が次々と蘇ってくる。

待合室でストレッチをする姿。声をあげて笑う連中の明るい声。

事情を抱え、過去を捨ててきただろう男も多いが、それでも待合室の中では明るく振る舞っている。大事な宝物だ。手放したくない日常だった。

今は、手の届かないところにある。

つい数日前まで当たり前のようにあったそれらが、いとおしくてならなかった。また、双葉は無事に逃げ切れただろうかと心配になり、もしかしたら捕まって別の部屋に監禁されているのではないかと思った。

双葉が警察に駆け込んでいるはずだと言った時、克幸はその可能性を否定しなかったが、だからといって本当に無事かどうかはわからない。もし、克幸の手に落ちていても必ずそのことを坂下に言うとは限らないのだ。何かの時のために、切札として大事に取っておくとも考えられる。

そして、斑目がくれたホイッスルを見て、無意識に顔をしかめた。

これを坂下にくれた男は、いつも坂下の味方だった。今は、生きているのかどうかすらわからない。濁流に呑まれた斑目を思い出すと、胸が押しつぶされそうだった。

高校生のマグロに襲われた時も、これを吹いたら助けに来てくれた。北原が斑目を連れ戻しに来た時も、『飛んできてやる』なんてどうせでまかせだろうという坂下の思いを裏切って姿を現した。

もしかしたら、あの時のようにこれを吹いたら、ひょっこり斑目が出てきてくれるかもしれないと思った。「よぉ」なんて言いながら、鉄格子の窓から顔を出して自分をここから助け出してくれるかもしれないと……。

そんな希望を胸に窓を開け、ホイッスルを咥える。

静かな夜に、ピィィィィ――――ッ、と甲高いが響いた。

けれども、耳をつんざくような音は虚《むな》しく夜空に吸い込まれるだけだ。それでも諦めきれずにもう一度ホイッスルを鳴らす。

そして、さらにもう一度。

大きく息を吸い込んでホイッスルを吹いてみるが、やはり何も変化はなかった。応える声がないことが、斑目の死を仄めかしているようでたまらなくなった。

音を聞いた見張りの男が部屋の中を覗きに来たが、ここがどんなに騒いで助けを呼んでも誰にも届かない場所だとでもいうのか、「静かにしてろ」と小さく言っただけですぐに消える。

『先生。俺に来て欲しい時は、ほら、これを使って俺を呼べ。行ってやるから』

斑目の声が蘇ってきて、あの時は来てくれると約束したのにどうして返事がないんだと、駄々をこねる子供のように心の中で斑目を責めてしまう。

「斑目さん……っ、どうしてっ」

坂下は、窓に嵌《は》め込まれた鉄格子を握り締めていた。揺らしてみるがびくともしない。

最後に、もう一度ホイッスルを吹いたが、斑目は来ないのだと思い知らされただけだった。

「来てくれるって……言ったのに」

ずるずると座り込み、震える声で呟く。

助けて欲しかった。ここから出して欲しかった。

「斑目さん！　助けてください……っ！　お願いです……助けてください。……助けて」

最後はほとんど声にならず、消えていくだけだ。

「助けて……っ、ここから出してください……っ！」

こんなにはっきりと斑目に助けを求めたのは、初めてかもしれない。それなのに、斑目が姿を現す気配など少しもなかった。

もう、本当に届かないのかもしれない——。

斑目の死が否定できないもののような気がして、坂下は目の前が暗くなっていくのを感じずにはいられなかった。


克幸が、再び坂下が監禁されている部屋を訪れた。相変わらず靴は磨き上げられており、余裕を持った態度は憎らしいほどだ。

時間の感覚はなく、あれから何日経ったのかよくわからない。

「おい、先生。仕事だ」

「またですか」

「いいから来い」

克幸はそれだけ言うと、すぐに部屋を出ていった。舎弟たちに腕を摑まれ、坂下も歩かされる。

連れていかれたのは前回案内された部屋で、あの時と同じように男はパイプ椅子に縛りつけられていた。深く項垂れてガタガタ震えている。

「……酷い」

暴行の跡を見て、顔を背けずにはいられなかった。

顔は腫《は》れ、人間のそれとは思えないほどに膨らんでいる。紫色や黄色に変色したところはかなりの部分を占めており、このまま腐っていくのではないかと思うような様子になっていた。

ここまでできる克幸が信じられない。

「様子がおかしい。こいつを診てやれ」

「どうしてこんなになるまで暴行を加えたんです」

「あんたが協力しないからだよ、先生。クスリで自白させてれば、ここまでする必要はなかったかもな」

「俺のせいだっていうんですか！」

「そうだ。中途半端な優しさが招いたことだ」

「俺は……っ」

「だが、まだ間に合う」

言葉を遮られ、坂下は黙りこくった。身じろぎすらせず、真っすぐに視線を送ってくる克幸を睨み返す。けれども、克幸の迫力に負けそうだ。息が苦しくてたまらない。

「どうする？　見捨てるのか？」

「――っ！」

坂下は拳を握り、克幸を思いきり殴った。しかし、軽くよろけただけであまり効いていない。

「てめぇ！」

舎弟たちが身を乗り出すが、克幸はそれを軽く手を挙げて制した後、唇の血を指で拭ってニヤリと笑った。

「満足したか？」

「……っ」

「わめいても、何も変わらないぞ」

確かにその通りだ。今は男を助ける方が先決だと、気持ちを切り換えて、椅子から下ろして床に寝かせると状態を診る。

熱が高く、腹部は紫色に変色して腫れ上がっていた。殴ったのか蹴ったのか、外部から強い衝撃を受けたのは間違いない。軽く触れただけでも苦痛の声を漏らす。

内臓からの出血により、腹膜炎を起こしている可能性があった。血液を調べると、白血球の増多と肝酵素の上昇が確認できた。間違いなく、肝臓をやられている。血圧の低下も激しく、エコー検査でも腹部内出血が見られた。

暴力を受けた時に肝臓が破裂し、腹腔内出血したと診断するのが妥当だろう。

「輸血パックはまだ残ってますよね？」

「ああ。たっぷりあるぞ」

ここの限られた人と設備を使って手術を進めるのは、かなり無謀だ。しかし、やるしかない。人の命を扱う時に一か八かなどということをするのは坂下の主義に反するが、どうせこのまま放置すれば死ぬのだと自分を納得させ、男をベッドに寝かせて酸素マスクを装着させると手術室に運ばせた。

前回の手術に比べると、格段に危険度は増す。腹を開くのだ。

しかも、こう立て続けに手術をすれば、男の体力が持つかどうかの問題もある。

(でも、やらなきゃ……)

坂下は、ここの設備をもう一度確認するところから始めた。開腹手術を行える程度の設備と器具の確認を完了させ、不安を拭えないながらも決行に踏み切ることにする。

一刻も早く、腹部にたまった血液を出して損傷箇所の吻合《ふんごう》を行う必要があった。

「あなたたちも手術衣に着替えて」

輸血の準備をしてから麻酔を投与し、上腹部正中切開で開腹する。

(酷い……)

思ったより出血が多かった。

損傷箇所はやはり肝臓で、肝左葉に破裂と裂創が認められる。血管クリップでいったんクランプして血流を止めるが、出血は収まらない。手で肝臓の破裂部分を圧迫するとようやく出血量が減少した。

肝左葉切除を行う必要があるが、専門外の医者が手を出していい領域ではない。

(駄目だ……ここまで酷いなんて……)

予想以上に状態は悪く、坂下は呆然とせずにはいられなかった。

克幸の舎弟たちは血は見慣れているようだが、さすがに人の腹の中を覗いたことはないらしい。克幸が拳銃で脚を撃った傷の縫合手術の時はそこそこ使いものになっていた男たちも、今回はまるで駄目だった。時間は刻々と過ぎていき、次第に焦りを感じ始める。もう一人まともに手術ができる人間がいたら違っていただろう。

せめて、あと一人。

悔しさを押し殺していると、男が目を開いたように見えた。意識もない状態だというのに、目を開いて坂下を見た気がしたのだ。

うっすらと開いた目から、キラリと光るものが見える。

（泣いてる……？）

単に生理的な涙が滲んだだけなのかもしれなかった。けれども、坂下には男が泣いているように見えた。

思い描いているのは、故郷の地だろうか。

同胞のために危険を冒し、組織を守るためにこんな目に遭っても口を噤んでいる。死すら覚悟しているだろう。そこまでできるものかと、その意志の強さには頭が下がる思いだ。

何がそんなにこの男を駆り立てているのか——。

助けてやりたかった。このまま死なせるわけにはいかない。こんな形で終わってはいけない。

そう思った時、にわかにガラスの壁を隔てた隣室が騒がしくなった。今手術を邪魔されたら男は助からないと思い、すぐにでも追い出してくれと言おうとそちらを見た、その瞬間、言葉を失う。

入ってきたのは、思いもよらなかった男だ。

坂下は助手の男と交代して破裂部分を圧迫させると、すぐにクリーンルームを出た。

「斑目さん……っ」

夢を見ているのかと思った。

斑目は、克幸の舎弟たちが制するのを振りきって中に入ってきたようで、追いかけてきた舎弟たちは大声で威嚇しながら銃口を斑目に向ける。しかし、斑目はそれらを一瞥しただけで、少しも恐れている様子はなかった。

「――先生……っ！」

「双葉さんっ」

少し遅れて、双葉が別の舎弟に連れてこられる。双葉も銃口を向けられているが、少しも気後れしていない。

「幸司、生きていたのか」

「当たり前だ。お前、射撃の腕はクソだなぁ。ちょこっと掠っただけだったぞ」

「斑目さん、双葉さん。二人とも、生きて……」

本当なのかと、坂下は自分の目を疑った。触れて、まぼろしでないことを確かめたかったが、今は一刻を争う時だと我に返る。

「斑目さん、時間がありません。手術を再開しないと……」

坂下の言葉に、斑目はガラスの壁の向こうに見える手術台やその周りの設備を見て呆れたように言う。

「こんなところで手術か。お前も滅茶苦茶やらせるな。俺が代わってやる」

「どういう風の吹き回しだ」

「さぁな。俺の気が変わらないうちに続けた方がいいんじゃねぇのか？」

「斑目さん。助手も足りません」

「じゃあ、双葉。お前も手伝え。先生は先に中に戻ってろ」

克幸が目で術衣を用意するよう合図すると、斑目たちはいったん外に出てから着替えてクリーンルームに入ってくる。

「先生。状態は？」

「よくありません。肝左葉が破裂してます。クランプして血流を止めようとしたんですが、用手での圧迫でやっと出血量が減少しました」

「わかった」

斑目は自分の目でもそれを確認し、患部の状態から肝左葉切除を行うと判断した。

「双葉。血圧には気をつけとけよ」

「はい」

斑目は出血しやすい他の部分を損傷しないよう、門脈臍部付近で肝動脈や門脈右枝を結紮《けっさつ》切離していく。専門外は斑目も同じだが、やはり何度見てもそのテクニックには驚かされた。

ほんの数ヶ月前に、北原の一件で自ら手を深く切るなんてことをしたのだ。神経が切れていたかもしれないほどの大ケガだったというのに、そんなことは嘘のように以前と変わらない動きをする。

神の手は、息をひそめていただけで坂下のすぐ近くにあった。

（すごい……）

肝臓は構造が複雑で、患部の切除に至る前に各血管の慎重な剝離《はくり》操作が要求されるが、斑目は一つ一つの作業を迅速かつ丁寧に行っていく。

「鉗子《かんし》」

「はい」

細かい作業の連続だった。

ようやく肝離断にかかるが、これだけでも二時間は軽く要した。しかし、斑目の集中力は途切れない。坂下も必死でついていく。

そしてこれからいよいよ破裂箇所の切除だ。ここでも『神の手』は坂下を圧倒した。今まさに、斑目には何かが降臨しているのではないかと思うほどだった。中肝静脈から出る細かい枝をすべて結紮切離し、確実に止血してから次に進む。

速さと的確さを兼ね備えた、まさに芸術的な手術。しかし、患部の切除を終えると斑目は途中で手を止め、おもむろに道具を置いてマスクを外したのだ。そして、こともあろうに手術途中の患者の前から離れ、クリーンルームを出て克幸の前まで行く。坂下は慌ててそれを追った。

「斑目さん……？」

「気が変わった」

「どういうことだ？」

「確かにこのまま続ければ、こいつは助かる。だが、お前が得するだけだ」

「何を言ってるんです！」

声を荒らげるが、斑目は坂下をじっと見ながら静かに言った。

「悪いな、先生。俺は見ず知らずの男より、先生を護りてぇんだ。俺がここで手術を中断すれば、こいつは死ぬ。克幸。このまま手術を続けて欲しいなら、二度と俺たちに手は出さないと約束しろ」

怒鳴られたわけでも、強い口調で言われたわけでもないが、口を挟む余地などないというのがわかり、何も言えなくなる。

「なぁ、克幸。俺は先生ほどお人好しじゃねぇんだ。他人の命を取引の材料にするくらい、屁《へ》でもないんだよ」

「なるほどね。はじめからタダで協力するつもりはなかったってことか」

「ああ。お前、自分の商売を邪魔する組織を一刻も早くつぶしたいんじゃねぇのか？　堅気に好き勝手されて、面子《メンツ》をつぶされるわけにはいかねぇからな。どうせ、上からプレッシャーをかけられてるんだろうが」

克幸の顔色が変わった。

平気で暴行を加えているが、死なれて一番困るのは、克幸なのだ。この男は重要な鍵を握っている。口を割らせず死なせてしまえば、上の人間に手腕を問われることになりかねない。

「どうする？　このまま死なせるか？　それとも、手柄を立てるチャンスをものにするか？」

克幸は挑発的に言う斑目を睨んでいたが、鼻で嗤い、吐き捨てた。

「相変わらず、胸糞《むなくそ》の悪い奴だな」

「それはこっちの台詞だ、克幸」

「――手術を続けろ」

克幸は、斑目の言葉を遮るように言った。いつも余裕で構えている男にしては、めずらしいことだ。ペースを乱されている。

「その言葉、忘れるなよ」

斑目の言葉を合図に、手術は再開された。


無事、手術は終わった。

疲労は隠せなかったが、同時に坂下はある種の興奮に見舞われていた。

まさか、本当に手術が成功するなんて信じられなかった。驚くほど容態は安定しており、専門外の医者がやったこととは思えなかった。感染症などの危険は大きく、まだ予断を許さないが、それでも斑目は手術を成功させてしまった。

「斑目さん」

「ああ、状態はいい。合併症に気をつける必要があるがな、とりあえずは山を越えたって言っていいだろう。大丈夫か、双葉」

「さすがにこんな長丁場、素人《しろうと》にはきつかったっす」

坂下はようやく胸を撫で下ろした。しかし、男が回復すれば克幸は再び情報を引き出そうとするだろう。そう思うと、手放しに喜ぶことはできなかった。

しかもラテックスの手袋を外したところで、銃を構えた手下たちに囲まれる。

「……どういうことだ?」

「何がだ?」

「手術は成功させただろうが。数日様子を見てこの男が安定したら、約束通り、先生を連れて帰る。二度と俺たちの街に手は出さないという約束じゃなかったのか?」

「約束?　なんのことだ。そんな約束はした覚えがない」

堂々と言い放つ克幸を見て、なんて男だと怒りを覚える。

「卑怯者!」

坂下が罵るが、克幸は少しも気にしてはいないようだった。それどころか、罵られるほどヤクザとしての格が上がると言いたげに嗤ってみせる。

「ヤクザが律儀に口約束を守ると思ってるのか？　幸司、お前も甘いな」

「約束なんて破るためにあるってか？」

「わかってるじゃないか」

どこまで卑劣な男だろうと思った。摑みかかりたいのを堪え、なんとかこの状況を覆すことはできないかと考える。克幸の舎弟たちが銃を構え、自分たちを狙っているこの状況を覆す何かがないかと……。

しかし、そうするまでもなく、これまで有利にコトを運んでいたはずの克幸の表情に変化が表れた。こちらが切り札でも出したような顔だ。

斑目を見ると、追いつめられた状況とは思えない余裕の表情をしている。

「……幸司。お前、何を企んでる？」

あまりにも自分の思い通りに進みすぎていることに、克幸も警戒心を覗かせているようだ。そして、それがただの思い過ごしではないというのも、斑目の態度からもよくわかる。

「今頃気づくなんて、油断しすぎじゃないっすか〜？」

双葉が横から軽口を叩いて克幸を挑発した。動じるような克幸ではなく、双葉を一瞥するが、形勢がこちらに傾きつつあるのは明らかだ。

克幸もそう感じているだろう。

「俺はお前をガキの頃からよく知ってるんだぞ。あんな約束を守るなんて、馬鹿な期待はしてない」

「じゃあ、なぜ手術を中断してあんな条件を出した？」

「こっちもできるだけ穏便に済ませたいんでね。あそこでお前が引き下がってくれた方が、都合がよかった。だが、お前がそのつもりならこっちも本気でいく」

「どういうことだ？」

「俺はまだ最後のカードを出してねぇってことだ」

今度は、斑目がニヤリと笑う番だった。

いったい何をするつもりなんだと、坂下は成り行きを見守ることしかできない。

「取引をしたい」

「取引？」

「先生が連れ去られた後、俺が何してたと思う？　あてもなく先生を捜してここに辿り着いたとでも思ってんのか？」

考えてみれば、確かにそうだ。ここはいわば隠れ家のようなところで、隠密にコトを運ぶために用意されたような場所だ。そう簡単に見つけられるはずがない。

情報源が必ずあるはずだ。

克幸も坂下と同じ疑問を抱いたらしく、探るように言う。

「誰にこの場所を聞いた?」

静かだったが、声からは怒気が感じられた。斑目に対する対抗心や反抗心。これまで克幸の中にあったものが、さらに増幅しているのは間違いない。

「お前も人望《じ》がねぇなぁ」

わざと焦らしてみせる斑目の余裕に、克幸がイラついているのがわかった。

これまで見せていた態度が嘘のようだ。決して揺るがなかった男の感情が、今、斑目によって乱されている。

「愛人に裏切られるようじゃ、まだまだだなぁ。男の魅力が足りねぇんじゃねぇか?」

「湯月か?」

湯月亭――坂下は、クールなバーテンダーのことを思い出した。

双葉が克幸に連れていかれたバーの裏口で接触した。こちらに寝返るよう言ったが、あの時はまったく手応えがなかった。自分の身が危ういからと、そしてセックスがいいからという理由で斑目の誘いを跳ねのけたのだ。

あの男を崩すのは難しいだろうと思っていたのに、斑目の言葉が本当だとすれば、短期間で説得したことになる。

いつの間に……、と感心せずにはいられない。

坂下以上に、克幸の驚きは大きいだろう。そして、出し抜いてくれた斑目への怒りも決して小さくはないはずだ。たとえ数多くいる愛人の一人でも、反りの合わない兄の側につかれては、男の面子も台無しだ。

「お前がどんな悪さをしてんだろうと思ってたんだが、倒産業で随分稼いだみてぇだな」

倒産業とは、ここ最近で随分と増えてきたシノギの手口だ。組とはまったく関係のない人間を使い、一般企業を装って会社を設立させて半年、一年がかりで信用を築き、手形を大量に発行して倒産させるという手口である。

元手が必要なため誰でもできるシノギではないが、そのぶん儲《もう》けも大きい。不渡りを出した人間は二年間経てば当座口座を開設できるため、同じ人間が何度も会社をつぶしているケースもある。

「お前が裏で糸を引いていたとなれば、警察の手が入るのは間違いない。お前と雇われ社長らの金銭のやりとりが全部残ってるんだ。無傷でいられねぇだろうが。しかも、同じ組の中でも派閥争いが激しいとくりゃあ、この件はお前の命取りになるんじゃねぇか？」

克幸は黙ったままだった。それは、状況が斑目に有利に傾いているという証《あかし》だ。

「証拠の隠し場所に男の愛人のところを選んだのは、考えたな。さすがにあのバーテンが愛人だなんて、普通は気づかねぇだろう。ただ、双葉を店に連れていったのは大失敗だった。お前にしちゃ浅はかな行動だが、どうした？　トチ狂いやがって。自慢の愛人を見せつけたかったか？」

「証拠を渡せ」

「ああ、くれてやるよ。どうせ元のデータは別のところにある」

「――っく」

斑目はポケットの中からメモリカードを取り出し、克幸に向けて投げてよこした。それは音もなく克幸の胸に当たって地面に落ちる。

克幸が、奥歯を噛み締めていた。こんな表情を見たのは初めてだ。

いつも上から人を見下ろしているような男で、拷問した男が死にかけても、眉一つ動かさない人間だ。それがどうだ。今は手に取るようにその心がわかる。

「これで済むと思うなよ」

「済むさ。もう終わりだ。お前は二度と俺たちの街には手を出せねぇよ」

斑目がそう言った時、外が騒がしくなった。大勢の男の声がし、舎弟が二人、外を確認にいく。ほどなくして一人が戻ってくると、克幸に耳打ちした。

斑目を見てから忌々しげに外に向かう克幸を見て、騒ぎの原因が斑目だと気づいた。

坂下たちもそれに続く。

「……なんだあれは」

外に出るなり、克幸は低く呟いた。

「みんな……」

坂下はその光景に驚いていた。

診療所の常連や坂下の治療を受けたことのある街の連中がいたのだ。建物を囲む塀によじ登り、みんなで克幸やその舎弟たちを見下ろしている。その光景は、自分たちのテリトリーにやってきたよそ者を威嚇する野生動物のようだ。たとえ自分が傷ついても、自分たちの社会を護るためには戦うという強い意志が感じられた。

「お前が拳銃をぶっ放して好き放題するなら、俺たちは数で対抗する」

舎弟たちが銃口を向けるが、数が多すぎる。むやみに撃っても、連中が暴走をしたら自分たちも危険だと察したのだろう。銃は構えているが、誰も発砲しない。

「お前がまた俺たちに手を出すようなことがあったら、あいつらが証拠の品を持ってしかるべきところに行く手筈《てはず》になってる。誰が証拠を持ってるかは、俺だけが知ってる。もちろん、定期的に別の奴に渡して持ち主を変えるって寸法だ。お前には、その時誰がブツを持ってるかなんて、絶対にわかんねぇぞ」

「考えたな」

「街の連中を一人ずつ殺して回って、証拠の品を探し出すか？　確かにあの街は人の入れ替わりは激しいが、一度に大量の人間がいなくなれば世間も注目する。そんな面倒を抱えてまで、先生を手に入れるか？」

街の連中は、克幸たちに向かってしきりに「先生を返せ！」というようなことを叫んでいた。一人二人なら力で黙らせることはできるだろうが、マシンガンでも使わない限り、この数を収めることは難しい。

「お前はな、あの時既に負けてたんだよ」

「あの時だと？」

「前にお前が先生を奪いに来た時だ。あのまま引き下がってりゃよかったんだ。あいつらはな、自分が面倒に巻き込まれるかもしれないとわかってても、先生のためにひと肌脱ごうって思ってる奴ばっかりだ。大事なもののためなら、躰くらい張れるんだよ」

そう言うなり、斑目は大きな声を張り上げた。

「──解散っ！」

街の連中が、一斉に塀から飛び降りて逃げる。

「おらぁ、逃げろぉ！」

「行くぞぉ！」

「走れぇ！」

まさに、逃げるが勝ちという状況だった。いったいどこから調達してきたのか、トラックのエンジン音が聞こえてきて走り去っていくのが聞こえる。

追いかけようとしても、ここにいる人数では、あの一割すら捕らえられないだろう。

先ほどまでの騒ぎが嘘のように、辺りがシンと静まり返る。

「お前さえおりこうにしてれば、あいつらは何もしない」

確かに、斑目の言う通りだ。

街に集まる労働者は、基本的に他人に興味を持たない。克幸が犯罪に手を染め、捕まりもせずのうのうと暮らしていようが、関係ないのだ。

けれども、自分たちの心地いい場所を脅かされるのなら話は別だ。

坂下診療所を中心にできた暖かい輪は、その日暮らしの浮き草たちに大事なものを護りたいという心を植えつけているのだから……。

「お前が先生を諦めれば、万事上手くいくってこった」

「なるほど。定職も自分の寝ぐらも持たないクズどもをよくここまでまとめたな」

「だから言ったでしょ。護りたいものがないあんたは、斑目さんに勝てないって」

斑目の代わりに双葉が言う。

根本的に考え方の違う二人。生き方の違う二人のどちらの言い分が正しいのか、今はっきりしようとしていた。団結なんて時代遅れだが、何も持たない街の連中が克幸に対抗する唯一の有効な手段と言っていいだろう。

しかし、克幸は簡単には諦めない。

「護りたいものを失っても、強くいられるっていうのか?」

言いながら、坂下に向けて銃を構えた。

「！」

「護りたいものを失ったら、お前はどうなる？」

撃たれるとわかっているのに微動だにできず、坂下は向けられた銃口を凝視していること しかできない。

「――先生……っ」

パン、と乾いた音が響いた。

衝撃を受けたかと思うと、地面に激しく躰を打ちつけられる。しかし、痛みはほとんどな かった。どこも撃たれていない。

「斑目さん……っ」

「――っく……」

撃たれたのは、坂下を庇った斑目だった。肩を押さえ、苦痛に顔を歪《ゆが》めている。急いで傷 を診ると、弾は貫通していたが、射入口は鎖骨の付近にあり、骨を損傷しているのは間違い なかった。

「斑目さん、大丈夫っすか！」

双葉も顔色を変えて急いで駆け寄ってくる。

「あなたって人は……っ、どうしてそう簡単に引き金を引けるんです！」

克幸のやり方には、心底腹を立てていた。いとも簡単に他人の命を奪おうとする克幸が、腹立たしくてならない。なぜ、命の尊さがわからないのか、理解できなかった。

そして、銃口を向けられて気づいたことがある。

「あなたは斑目さんに対抗するために、俺が欲しいと言ってるだけです。あなたは俺が欲しいんじゃない。単なる子供じみた対抗心ですよ。いつまでもお子様なんです、あなたは！」

「謙虚だな、先生。自分の魅力に気づけ」

「何が魅力ですか。俺に魅力を感じてない人に言われたくないだけですよ」

坂下は確信を持って言った。

克幸には迷いがなかったのだ。少しの迷いもなく、坂下を撃とうとした。

「本当に俺が欲しいなら、俺を撃ったりしない」

「言うねぇ。だがな、先生。人間にはそれぞれ価値観ってのがある。殺そうとしたからといって、惚《ほ》れてないとは限らない。他人に渡すくらいなら、自分の手で壊してやろうという人間もいるんだよ。それも一つの愛情だ」

「だから、そんな愛情は偽物だって言ってるんですよ。欲しいおもちゃが手に入らないで悔しいだけなのに、何が愛ですか。いい加減に目を……」

言いかけて、斑目に手で制される。

「そいつに口で言ってもわかんねぇよ、先生」

斑目は肩を押さえながら立ち上がると、克幸と向き合った。右腕はあまり上がらないようで、だらりとしている。一刻も早く治療をしたいが、それが許される状況でないのもわかっていた。

「聞き分けのねぇ野郎だな。だったら証明してやる」

「どうやって?」

「本当に先生が欲しいなら、素手で俺に勝って証拠を奪ってみろ。俺に殴り勝ったら、証拠は返してやるぞ。どうだ? 悪い条件じゃねぇだろう」

挑発的に言う斑目に、克幸は馬鹿馬鹿しいと言いたげに笑った。

坂下も、スマートに生きていそうな克幸がそんな泥臭い真似をするとは思えない。誰かを手に入れるために拳を使い、地面に這いつくばるようなことはしないだろう。

「せっかく俺を出し抜けるってのに、わざわざそんな無謀な賭《か》けをするのか? 相変わらず馬鹿な野郎だ」

「お前に負けねぇ自信があるから、賭けるって言ってるんだよ。こうでもしないと、駄々っ子を納得させられねぇみてぇだからな」

自信ありげな斑目に、克幸の表情がまた変わった。先ほどから、ときどきちらりと見せるイラついた表情は、明らかにこれまでとは違った心の動きを表している。

「自信過剰もいいところだ」

「その代わり、俺が勝ったら監禁されてる男も連れていく」

さらに条件を加える斑目に、克幸が鼻で嗤った。

「見ず知らずの人間まで救おうってのか？」

「先生が、ずっと気にしてるからな。ここで自分には一銭にもならねぇことをするから『斑目さん素敵ぃ～』ってなるんだろうが。とろっとろで夜もサービス満点だ。お前、わかってねぇな。そんなんだから愛人にも裏切られるんだよ」

ふざけた言い方が、さらに克幸のイライラを煽ったようだ。

「そんなケガをしていてよく言う。お前は昔からそうだ。兄貴面して、偉そうに俺の前に立ちはだかる。俺がお前に負けるとでも思ってるのか？　日雇い風情が、ふざけるな」

「だったら来いよ」

腕から血を流し、撃たれた利き腕は思い通りに動きそうにない。そんな状態で殴り合っても勝負ははじめから見えているようなものだ。克幸もそう思っているのだろう。

「いいぞ」

言うなり、克幸は斑目が身構えるより先に爪先《つまさき》を斑目の鳩尾《みぞおち》にめり込ませた。

「ぐぁ……っ」

夜空に響く斑目の呻き声。すかさず、倒れた斑目の肩を踏みつける。さらには、撃たれた傷を踵《かかと》でえぐるようにして体重をかけた。

「うぁあ……っ」

苦痛に満ちた斑目の声が、夜空に響く。

「斑目さんっ！」

双葉が駆け寄ろうとするが、坂下は袖《そで》を摑んでそれを阻止した。

「先生っ、いいんですか？」

本当は坂下も駆け寄りたかった。駆け寄って、こんな馬鹿げた真似はやめさせたかった。しかし、そうするのは簡単だが、それでは斑目の気持ちが台無しになってしまう。

「どうした？　俺にっ、勝つんじゃっ、なかったのかっ！」

克幸は、スラックスのポケットに両手を突っ込んだまま何度も蹴りを入れた。てんで相手にならない。やはり、利き腕が思うように上がりすらしない状態ではハンデがありすぎる。

「はっ。その程度か、幸司。口ほどにもないとは、お前のことだよ」

地面にうずくまったまま動かなくなった斑目に吐き捨て、克幸は踵を返した。手を使わないのは、いかに自分の方が優位に立っているかを証明してやりたかったからだろう。

「約束通り、証拠の品を返してもらおうか？　それとも、俺の真似でもして口約束なんて知らないとでも言うか？」

「お前と一緒にするな。負けたら、ちゃんと返してやるよ。だが、まだだ」

斑目はゆらりと立ち上がり、克幸の前に立ちはだかった。

「まだギブアップしてねぇぞ。――ぐ……っ、……ぐぁ……っ、――かは……っ」

容赦なく克幸の蹴りが斑目の躰にめり込み、前屈《まえかが》みになった時には顎を下から蹴り上げられて大きくのけ反る。しかし、今度はなかなか倒れようとしなかった。足をもつれさせてよろめくが、膝は地面につかない。

「やっぱり口だけだなぁ、幸司」

「ぐぅ！」

なかなか倒れない斑目に業を煮やしたのか、とうとう克幸がポケットから手を出して拳で殴り始めた。

少し息が上がっているように見えるのは、気のせいだろうか。

「しつこいんだよ、お前は！　そんな真似してっ、どうなる！」

渾身《こんしん》の力を籠めて、何度も拳を叩き込む。あまりのしつこさに、克幸は完全にペースを乱されていた。うんざりしながらネクタイを緩め、いったん斑目から離れると、再びくるりと向きを変えてなんとか立ち上がってみせた斑目の顔面を殴った。

ようやく斑目を地面に沈めた頃には、克幸も肩で激しく息をしている。

今や、克幸に冷静さなど残っていなかった。

「これで、わかったか。……はぁ……っ、もう、勝負はついた」

「おい、一方的に……、決めるんじゃねぇぞ」

「いい加減にしろ」

「格好つけるなよ。お前は、いつだってそうだ。ガキの頃から、必死で……っ、……はぁ……っ、何かをしたこと、なんて……っ、ねぇだろうが！」

斑目の拳が、克幸に当たった。さらに、緩められたネクタイを掴んで自分の方へ引き寄せると、頭突きを喰らわせる。

「うらぁ！」

斑目は、克幸と一緒に地面に崩れ落ちた。それでも殴り合いは終わる気配はなく、揉み合い、もつれ合い、何度も立ち上がってはまた倒れるを繰り返す。

気力の勝負だった。

二人ともとうに限界を超えているのは明らかだが、どちらも引こうとはしない。

意地と意地のぶつかり合いはさらに続き、静まり返った空気に二人の荒い息と素手で互いを殴る鈍い音が延々と漏れ続けた。そして、やがてそれも弱々しくなっていき、最後には二人揃って地面に崩れ落ち、声すら出せずボロ雑巾のように這いつくばる。

先に立ち上がったのは、斑目だった。

それを見て、舎弟の一人が我に返ったような顔をして拳銃を斑目に向ける。

「撃つな！　俺にこれ以上恥をかかせるな！」

寝転んだまま、克幸が舎弟に怒鳴りつけた。

「俺に、恥を……かかせるな」

もう一度言い、呻き声をあげながらなんとか立ち上がると、タバコに火をつける。

スーツは泥だらけで、ワイシャツも血で汚れていた。かろうじてぶら下がっているネクタイも、汚れている。

「わかったか。お前の、先生に、対するっ、気持ちなんて、……っ、その程度、なんだよっ。いい加減に気づけ」

克幸はうんざりとした顔をしていた。

いつも舎弟たちを顎で使い、スマートに生きているような男だ。もともと殴り合いなんて真似は、性に合わないのだ。ここまで喰い下がられると、さすがにそういう顔もしたくなるだろう。

「……俺は、人を、好きに、なったことなんかない」

「じゃあ、なんで先生を奪おうとした？」

「欲しい、からだ」

「本当に欲しいのか？　違うだろうが。本当に欲しいなら、まだ殴り合えるはずだ。俺ならまだやれるぞ。かかってこいよ」

この期に及んでまだそんなことを言う斑目に、克幸は舌打ちをして、乱れた髪の毛をかき上げた。そして、腕時計を見て時間を確認する。延々と殴り合いなんて真似をしたことを後悔しているようだ。

ボロボロの状態の克幸に、やたら高そうな時計が妙に浮いている。

「うんざりだよ、お前には」

「お前からちょっかい出してきたんだろうが」

「証拠品を、渡せ」

「断る。言っただろうが。お前が街に手を出さなければ、あれは表に出ることはない。俺はお前がどうなろうが知ったこっちゃねぇんだよ」

いくら殴っても無駄だと思ったのか、克幸は何も言わなかった。まだ不服そうではあるが、これ以上殴り合いを続けるのはゴメンといったところだろうか。

「本当に大事なものを探せ、克幸」

「何が……大事なもの、だ」

「兄貴の忠告くらい聞け。いいか。大事なものを、探すんだ」

斑目は静かに言って背中を向けるが、克幸はそれ以上声を発しようとはせず、自分の前から立ち去る斑目を見送るだけだった。

「うー」

斑目の呻き声が、診察室に漏れた。

街の連中の手を借りて克幸に監禁されていた男を連れ帰り、診療所に運び込んだ坂下たちは、診察室の隅にベッドを用意した。男をそこに寝かせ、容態が安定しているのを確認してから、ようやく斑目の治療を始めることができた。

レントゲンを撮ると鎖骨にヒビが入っており、双葉に助手をさせながら肩の傷を縫って三角巾で腕を固定した。次に、顔の傷に取りかかる。どこもかしこも傷だらけで、どれだけ馬鹿げた殴り合いをしたのかがよくわかった。

克幸でなくとも呆れる。

双葉も斑目の横に椅子を持ってきて座り、ものめずらしそうに斑目の顔を覗き込んでいた。

「ほら、見せてください」

「いれぇ、先生、もっと優しくしれくれ」

「何が『優しくしてくれ』ですか。まったく。延々と殴り合いなんて、いつの時代の青春ドラマですか。殴り合いのガチンコ勝負なんて、時代遅れも甚だしい。双葉さん、そのガーゼ取ってもらえますか?」

「は〜い」

「ほら、動かない!」

呆れながら、傷の手当てをわざと乱暴にしてやる。心配させた仕返しといったところだろうか。そして半分は、照れ隠しもあった。

いい歳して殴り合いなんて、傍《はた》から見ればくだらないことだが、気持ちはものすごく嬉しかった。必死になって自分を助け出してくれた斑目の姿を思い出すと、胸が暖かくなる。

「先生、正義のみからにご褒美はないのか？」

相変わらずエロティックな言い方をされるが、今日ばかりは少し様子が違った。

「そんな茹《ゆ》で損なったタコみたいな顔で迫られても……」

「――ぷ、茹で損なったタコって、先生さすがに酷いっすよ」

双葉に言われるが、腫れ上がった顔は、どう見てもこの世のものとは思えない状態だ。きっとこの顔で押し倒されても、吹き出してしまうだけだろう。斑目のテクニックをもってしても、どうにもならないことはある。真面目な顔をすればするほど、笑いを誘うに違いない。

さすがに、傷が治るまでは辞退させてもらった方がよさそうだ。

「からら張っれ先生を奪い返しらんらぞ」

「でも、本当にそんな顔なんですよ。ねぇ、双葉さん」

「まぁ、確かに」

「お前まれ……」

まだ自分の状態をよくわかっていないようなので、坂下は鏡を持ってきて無言で斑目の顔の前に掲げてやった。それを覗いた斑目は、じっと鏡を見つめてポツリと呟く。

「……確かにひれぇな」

ようやく、納得してくれたようだ。いつでもどこでも平気で求めてくる男も、さすがに己の姿を見て気分が萎《な》えてしまったのだろう。

腫れが引くまで、オアズケは確実だ。

「じゃあ、キスくらいいいいらろうが」

「いいですよ」

「お。双葉もいるっれのに、大胆になっらな」

斑目はそう言ったが、不細工なのがチャームポイントのキャラクターのぬいぐるみのような顔をした斑目が相手なら、キスなんていくらでもできる。

坂下は、ぶちゅーっと唇を押しつけてやった。

もちろん、マウス・トゥ・マウスである。

唇を離すと、坂下は笑いを堪えきれずに肩を震わせた。双葉も吹き出してしまい、二人して腹を抱えて笑い始める。

「おい、なんれ笑うんら?」

「いや、だって……すごい顔だから」

「こんなに色気のないキスシーンを見たの、初めてっす」

せっかくの坂下からのキスも、こうも笑われては台無しだと斑目は不満げな顔をしている。

ひとしきり笑うと、坂下は例の男の様子をもう一度診ようと椅子から立ち上がった。脈も呼吸も安定しており、あれだけの手術の後にトラックで運ぶなんて無謀なことをしたのが嘘のようだ。

しばらく目を離せないが、とりあえず安心だろうと斑目たちのところへ戻る。

「でも、こんなに上手くいくなんて思ってませんでした」

「ああ。小川にも感謝しねぇとな」

一度坂下を裏切った小川だったが、良心の呵責《かしやく》に耐えきれず、再びこの街へやってきたというのだ。身を隠していた斑目と双葉がそれに気づき、こっそりと接触して街の連中と連絡を取り合ったため、あの場所に一斉に乗り込むことができた。

克幸のところに監禁されていた男を運び出すことができたのも、小川がトラックを持っていたからだ。街の連中だけでは、あれだけのケガを負った人間を誰にも見られないようここまで運ぶことはできない。

「でも、小川さん大丈夫っすかね」

双葉が心配そうな顔で言った。坂下も同じ気持ちだが、小川を信じることにする。

「大丈夫ですよ、きっと」

小川は自分のしたことを激しく後悔し、坂下に謝罪にきた。克幸のところに斑目たちが乗り込んできた時も、小川は連中とともに来ていたのだ。

自分の生活を護りたいがために坂下を裏切った小川だったが、そんな自分を恥じ、仕事を失う覚悟で自ら社長に自分のしたことを告白して警察に出頭するつもりだと言った。いつ自分のしたことが明るみに出るかわからない状態でいるより、一から出直した方がいいというのだ。

たとえ辛いことがあっても、この街に来れば頼れる人がいるからと言って笑った小川の気持ちが嬉しい。

「あ、そういえば」

坂下は運び込まれた段ボール箱を引きずってきて、蓋《ふた》を開けた。監禁されていた男を連れ出す時に、いろいろとくすねてきたのだ。斑目たちに知られた以上、あの場所は使われなくなるだろう。克幸が、荷物をいちいち運び出して引っ越しをさせるとも思えなかった。

どうせ放置されてしまうのなら、使わない手はない。

「先生、それは窃盗らぞ」

「何言ってんです。何日も監禁されてたんですよ。これは慰謝料みたいなもんです。貰って当然ですよ。その人の術後の経過だって見なくちゃいけないし、いろいろあった方がいいんです」

「まぁ、そりゃそうらが」

「ほら、見てください。包帯、ガーゼ、消毒用のアルコールに縫合用の糸もこんなに。ラテックスの手袋なんてほら、五ケースも！　まだまだありますよ」

「先生も逞しくなっらな」

「逞しくないと、この街で診療所なんて続けられませんよ」

坂下は次々と箱の中からそれらを出し、棚の中へきれいに並べていく。いつもすかすかの状態だった場所が在庫で埋まると、一歩下がって充実したストックをうっとりと眺めた。

「ああ～、こんな光景初めてです～」

嬉しくて、溜め息が出る。

「ほら、見てくださいよ。このみっしり埋まった棚！　空間がないってこんなにも美しかったんですね。美しすぎますよ。なんて素敵なんでしょう。神様仏様、どうかお願いですから、いつもこんな状態でいられますように」

テンションが上がり気味の坂下は、斑目たちを呆れさせていた。手を顔の前で合わせてお祈りをするのを見ながら、双葉が斑目に耳打ちする。

「包帯やガーゼのストックにうっとりするなんて、先生ってやっぱり変ですよね」

「ありゃ完全にオタクらな」

「変態ってやつですか？」

「一種のな」

二人は好き放題言っているが、充実した棚の美しさに見惚れている坂下の耳にその声は届いていなかった。

事件から二週間が過ぎた。

ホームレスの見回りを終えて診療所に戻ってきた坂下は、白衣を脱いでハンガーにかけ、カーテンで隔てた診察室の隅のベッドを覗いた。そして、昨日までここに寝ていた男のことを思い出す。

複雑な笑みが漏れるのは、男がいつの間にかいなくなっていたからだ。

今朝《けさ》起きたらベッドはもぬけの殻で、体温も残っていなかった。夜中のうちに出ていったのだろう。一人で自由に歩ける状態ではないことを考えると、坂下の目を盗んで仲間に連絡をして呼んだのかもしれない。言葉は通じてないようだったが、一方的に話しかけていたため、坂下の言葉の中からこの場所を特定できる単語を聞き取った可能性もある。

（ちゃんと回復するといいけど……）

きちんと畳まれた布団や揃えられたスリッパが、何も持たない男が伝えられる感謝の気持ちのような気がして、切なくなった。

再び同胞を助けるために危険を冒すのだろうかと思うと、複雑な気がする。もし、また何かあった時は、この場所を思い出して欲しいと思った。そして、助けが必要な時は、駆け込んできて欲しいと……。

「今日は久し振りに湯船に浸かろうかな」

坂下は、気を取り直して背伸びをしてから首を回して肩の凝りをほぐした。いつも水道代の節約のためにシャワーで我慢するが、今日は湯船に浸かって疲れを取ることにする。

小さな湯船はあっという間に満杯になり、風呂から上がったらすぐに寝そべることができるよう布団を敷き、脱衣所で勢いよく服を脱いだ。そして風呂場で頭から湯をかぶり、ざっと汗を流すと、肩まで浸かる。

「あ〜、天国〜。やっぱり日本人はお風呂に浸からないとな〜」

我ながらおっさん臭い台詞だと思いながら、久し振りの湯船での時間を満喫した。躰は疲れているが、克幸の事件を通してなんの変哲もない日常がどんなにありがたいものなのかを改めて思い知らされた坂下は、このところ気持ちが充実している。

こんな小さな幸せを心底ありがたいと感じるのだ。

しばらく目を閉じてまどろんでいたが、ふとあることを思い出して坂下は目をぱっちりと開けた。そして、そのまま微動だにせず天井を眺める。

（そういえば……）

実を言うと、どうやって湯月という男から情報を引き出したのか聞いていないのだ。いったん気になり出すと、斑目の言動が次々と浮かんでくる。

『なぁに。俺のフェアリーを見せれば一発よ』

あの時の斑目は、自信ありげだった。口先だけで終わりそうにないのは、身を以《もっ》てその魅力を思い知らされているからだろうか。

『クールな美形は落とし甲斐があるってもんだ』

ハンターそのものといった言動が蘇ってきて、路地裏での怪しげなやりとりまで思い出してしまう。

雰囲気のあるバーテンダーも、斑目に負けず劣らず過激なことを口にした。

『あの人が破滅するところも見てみたい気はするんですがね、自分の身が危ういのでやめておきます。それに、セックスもいいいんで』

愛人のくせに『破滅するところも見てみたい』なんて、坂下には言えない台詞だ。以前、斑目を連れ戻そうとこの街にやってきた北原もかなりアダルトな男だったが、湯月という男もなかなかだ。

タイプは違うが、二人とも大人すぎる。

斑目の誘いを上手くかわしてはいたが、湯月のクールな仮面の裏に隠れている一面なんてのを想像せずにはいられない。

「ま、いいか」

わざとなんでもないように声に出して言い、頭の中からその考えを叩き出した。そして、頭から爪先まで洗ってもう一度湯船に浸かってから風呂を出る。

湯月の顔はしばらく脳裏にちらついていたが、パジャマに着替えた坂下は、なるべく考えないようにしてタオルで頭を乱暴に拭きながら部屋に戻った。

「よぉ、先生」

「わ！」

まさか人がいるとは思わず、坂下は跳び上がりそうなほど驚いた。座敷わらしならぬ、座敷オヤジさながらに他人の布団の上に座っているのは、神出鬼没な斑目である。

まるで自分の部屋であるかのようにくつろいでいるのが、憎らしい。

「何勝手に上がってるんです？」

「俺のために鍵を開けてたんじゃねぇのか？」

「そんなわけないでしょ」

坂下は首にかけたタオルで頭を拭きながら、少し離れたところに腰を下ろした。すぐに手の届くところに座るような、馬鹿な真似はしない。

「いつ急患さんが来てもいいようにですよ。寝る前はちゃんと閉めてます」

「おかしいな。先生が躰を疼かせて待ってるって電波をキャッチしたんだが……」

「そんな電波は送ってません」

お得意の軽口を冷たく跳ねのけて、斑目の顔をチラリと見る。

まだ傷は残っているが、あの腫れ上がっていた斑目の顔を思い出すと、よくここまで回復したものだと感心する。腫れが引いたら別人になっているんじゃないかと思うほどのものだったのに、今はすっかり元通りだ。

「それより、肩の方はどうです？　違和感とか残ってませんか？」

「ああ。骨を掠っただけだったのは不幸中の幸いだな。俺は運がいい」

「確かにいいと思いますけど、あんまり無茶しないでくださいよ」

「わかってるよ。それより、大事にしてくれてるんだな」

「あ！」

風呂に入るために首から外しておいたお守りとホイッスルは、斑目の手の中にあった。慌ててそれを奪い返すと、わざとジロリと睨んでやる。

「そういえば、これを吹いたらいつでも飛んでくるって言ってましたけど、嘘じゃないですか。監禁されてた時、ホイッスルを鳴らしたのに来なかったですねー。不良品もいいところです」

あまりにも自信たっぷりな斑目が憎らしくて、そんな憎まれ口を叩いた。しかし、これを言ったのは間違いだったとすぐに気づかされる。

「なんだ、先生。俺を呼んだのか？」

「……っ。ち、違いますよ。試しにちょっと吹いてみただけです」

「助けて欲しくて、俺を呼んだんだろうが」

「違いますって」

「先生が俺を呼んでたなんて……嬉しいぞ」

あてつけに言ってやったつもりだったが、逆に自分を追いつめることになるなんて予想していなかった。このままでは、斑目のペースに巻き込まれてしまう。

こうなってしまうと、あとは時間の問題だ。にじり寄ってくる斑目を見て後退りするが、壁際に追いつめられる。

「悪かったな。先生が助けを呼んでる時に、すぐに駆けつけてやれなくて」

「……っ」

優しい視線に、坂下は息を呑んだ。見つめられているだけで、躰が熱くなる。

そして同時に、監禁されていた時のことを思い出して胸が痛くなった。あの時は、本当に斑目が死んでしまったのだと思っていた。何度鳴らしても返事がないことが、坂下にそう思い込ませていた。

希望を失った時の気持ちがフィードバックしてきて、少し切なくなる。

「死んだのかもしれないって、思ってました」

「ああ。心配かけて本当に悪かった」

真面目な顔で言われ、また心臓がトクリとなった。伸びてきた手が顎に添えられたかと思うと、親指の腹で下唇をなぞられる。

視線がそこに注がれているのを眺めながら、なぜかされるがままじっとしていた。

普段なら、こんなふうに素直に触らせたりしない。

「べ、別にいいですけどね。万事上手くいったことだし」

「そうか。許してくれるか」

「許すも許さないも……、ちょっと、何してるんです……っ」

何度も唇をいじられ、さすがに恥ずかしくなってきて顔を背けた。けれども斑目は、しきりに坂下の顔を覗き込んでくる。

一度見られることを意識し出すと、その視線に晒されていることに一秒たりとも耐えきれなくなってきて、羞恥はどんどん大きくなっていく。

「な、なんです?」

「ん?」

「だから、なんでそんなに見るんです?」

必死で斑目の視線から逃れようとするが、このエロティックな獣が一度捕まえた獲物をそう簡単に逃すはずがない。なんとかしてこの場を切り抜ける手はないかと思うが、何も思いつかなかった。

「俺のフェアリーが先生を喰いたいって言ってるんだが……」

「！」

何が『フェアリー』だ――坂下は頭にカッと血を上らせた。ふざけすぎた言い方は、雰囲気もへったくれもない気がするが、斑目が口にすると卑猥に聞こえてしまう。

「へ、変な言い方はやめてくださいよ」

「先生がそう呼べって言ったんだろうが」

「言ってませんよ。自分の股間を愚息なんて呼ぶからやめてくださいって言っただけなのに、あなたが勝手に『フェアリー・斑目』なんて名前をつけたんでしょう」

「そんなに怒るこたぁねーだろう？　先生が怒ると欲情しちまう」

「――っ！」

なんてことを言うのだろうと、坂下は顔を真っ赤にした。

あんなことがあった後だ。気の利いた台詞の一つでも言えば、少しはポイントが稼げるとは思わないのだろうか。

だが、それが斑目なのだ。自分を少しでもよく見せようというのが人間の心理だろうに、ここぞという時に口にするのは、いつもあからさまな下ネタだ。ポイントを稼ぐどころか、せっかく稼いだポイントを自ら捨てるような真似をする。

「変態……っ！」

自分にのしかかる斑目を罵りながら、迫ってくる顔を押し退けてやる。しかし、無精髭に触ってしまい、男臭さの象徴のようなそれに電流のような刺激が指にぴりりと走った。さらに、手首を摑まれて指を舐められる。

指先から指の股《また》まで舌を這わされ、ぞくぞくとしたものが躰に向かって伝ってくるのがよくわかる。

「な、舐めないで、ください……っ」

「先生が可愛いから、舐めたくなるんだよ」

手を引こうとすると、そんな坂下を叱るようにきつく嚙まれる。

「——痛……っ」

びくっと大きく躰が跳ねたのは、単に痛みのせいだけではない。その向こうに甘い快感が存在していることに、坂下はもう気づいていた。

「なんだ、嚙まれるのが好きなのか？」

「ぅ……っく、……はぁ、そういう、の……やめ、……んぁ！」

「だから怒るなよ」

「また、そういうことを……っ」

「ほら、先生が怒るから、俺のフェアリーがギンギンですぐにでも弾けそうだ」

摑まれた手を股間に持っていかれ、斑目の猛《たけ》りをスラックスの上から確かめさせられる。

「握ってくれよ」

「……っ」

「な？　ちょっとでいいから、握ってくれ」

甘え上手な男にほだされるようにして、坂下はスラックスの上から斑目を握った。隆々としたそれは硬さも十分で、坂下の中に眠る女を叩き起こしてしまう。

「……っ、先生、気持ちいいぞ」

微かに息を上げる斑目の声を耳元で聞かされると、ますます心は蕩け、この行為に夢中になっていく。

「一緒に気持ちよくなろうか？」

「ぁ……っ」

斑目は下着をずらして屹立を取り出すと、坂下のパジャマも膝まで下ろして自分のと一緒に坂下の中心を握り込んだ。そして、手をゆっくりと動かし始める。

「添えるだけでいいから、先生もいじってくれ」

「んぁっ」

「ほら」

催促され、坂下もそこに手を伸ばした。斑目の手の中に収まりきらない部分に触れ、指でなぞる。先端から蜜《みつ》が溢れているのがわかり、見ずともどんな状態になっているのか思い知らされた。

「先生を独り占めできたら、いいだろうな」

「ん……っ、斑目、さ……っ、……ぁ」

「先生は、誰にでも優しいからな」

「誰にでもって……変な意味に、……はぁ……、……ぁあ」

「わかってるよ。だが、誰にでも手を差し伸べてやる先生を見てると、嫉妬《しっと》しちまう。本当は俺だけの先生で、いて欲しいんだがな」

苦笑いをする斑目はやたらセクシーで、目の前の獣が振りまくフェロモンにすっかり酔わされている。

しかし、次の瞬間――。

「なぁ、先生」

真面目な顔で見つめられ、坂下は息を呑んだ。何を言おうとしているのかと、思わず構えてしまう真剣な目だ。

「あいつに、やられたか?」

「……っ」

聞くタイミングを窺っていたのだろう。真剣すぎる顔は、斑目が今どんな気持ちでこの問いを坂下に投げかけているのか伝わってくる。それを見ていると、胸が締めつけられた。

克幸から受けた凌辱の一部始終は、今もはっきりと記憶に残っている。大したことではないと言いきり、すぐに忘れてしまえるほど強くはない。けれども、大事なものを護ることはできた。

今、この手の中に陽気な連中との日常があることが、一番大事なのだ。

「監禁された時、克幸の野郎にやられたか？」

もう一度聞かれ、坂下は視線を合わせたまま答える。

「少し、……嫌な、目に遭った……だけです」

はっきりと口にはしなかったが、斑目はそれだけで察してくれたようだ。

坂下が克幸に犯されたことも、そして、そのことをちゃんと受け止め、乗り越えていることも……。

「そうか」

それだけ言うと、斑目は首筋に顔を埋めてきて弱い部分を攻め始める。

息が荒いのは、克幸に対する怒りを抑えているのだろう。いや、克幸に凌辱される前に救い出せなかった自分への怒りなのかもしれない。

「んぁあ……」

獣じみた息遣いを聞いていると、自分はなんて幸せなのだろうと思った。

どれだけ愛されているのか、わかるのだ。自分の中で怒りを燃やし続ける斑目を抱きながら、快感の中に引きずり込まれていく幸福感といったら言葉にならない。

「ぁあっ、……はぁ……っ」

切実とも言える斑目の愛撫に躰を震わせながら、二人で、そしてみんなで街の危機を乗り越えたのだと実感していた。

小川はドラッグを渡され、双葉も銃を持った舎弟たちに追われ、斑目は二度も撃たれた。街のみんなは、証拠品を共有する者として今も同じ危険を背負っている。無傷でいられなかったのも事実だが、自分も一緒に街を護ることができただけで十分だ。

「先生……っ」

しゃがれ声を聞かされ、いっそう躰を熱くする。そして、克幸から受けた一方的な行為の記憶を、斑目のそれで打ち消して欲しいと強く願うのだった。


坂下は、熱病に侵されたような感覚に見舞われていた。息をしているのもやっとで、されるがまま、ただ揺さぶられるのに任せている。

「ぁあ……っ！」

もう、どのくらいこうしているだろうか。

後ろに斑目を咥え込んだまま、坂下は何度も奥を突き上げられていた。細胞一つ一つが発熱しており、躰はずっと火照っている。一向に収まる気配はなく、時間が経つほどに症状は悪化しているようだ。

「斑目さ……、も……限界、……はぁ……っ、……ぁあ」

「俺はまだ、だ」

「でも……っ、……っく、……ぁ……、……ぁあっ」

やんわりと突き上げてくる斑目の優しくて意地悪な愛し方に、身も心も蕩けてしまっていた。自分が形を失ってしまったかのような感覚すらあった。

終わりのない快楽。

あまりによくって、涙が滲む。視界が揺れているのは視力のせいではなく、容赦なく注がれる愉悦のせいだ。

躰に力が入らない。

そして、緩くなっているのは何も涙腺《るいせん》だけではなかった。

「──んぁあ……っ」

熱い吐息を漏らす唇の間から唾液がツ……、と伝って落ちた。

どこもかしこも緩みっぱなしで、何度も放った中心は、それでも足りないというように透明な蜜を次々と溢れさせ、裏すじを濡らしている。

さらに、斑目を咥え込んだ部分は何度も突き上げられているうちに拡げられてしまい、いつまでも硬度を失うことなくそそり勃ったものを、やすやすと呑み込んでいるのだ。ほぐれて緩くなったところは、斑目が出入りするたびに濡れた音を立てている。

無意識にかぶりを振って快楽から逃れようとするが、そんなことをしても自分を責め苛む男を悦ばせるだけで、なんの助けにもなっていない。

すごい。

信じられない。

口にしないが、坂下はそんな言葉を繰り返していた。一方的だった克幸との行為を打ち消して欲しいという願いが通じたのか、何もかも忘れさせてくれる。深く繋がり、互いを求め合うセックスに夢中にさせられていた。

「先生、イイか？」

「んぁ、はぁ……っ、……あぁ」

「どうだ？　気持ちいいか？」

何度も聞かれるが、答える余裕などない。

自分が、どんな状態なのかすらわからないのだ。激しい目眩の中で、唯一縋《すが》れるものを探すように腕を伸ばし、斑目の背中に腕を回す。

坂下をやんわりと突き上げるたびに、背中の筋肉が引き締まった。手のひらでそれを確かめていると、ますます昂ぶってしまう。汗ばんだ肌が、坂下の劣情を煽っているのは言うまでもない。

もっと獣のように自分を襲ってくれて構わないのに……、と普段の坂下からは想像できないような言葉まで浮かんでくる。

「固く閉じてるのもいいが、こんなふうにゆるゆるになってる先生もいいぞ」

「……っ」

しゃがれ声に揶揄《やゆ》され、顔を背けた。そんなことを言われて、どういう顔をすればいいかわからない。

「聞こえるだろうが。緩んで、あそこがぐちょぐちょになってる」

坂下は唇を噛んだ。

たまらなく、恥ずかしかった。耳を塞ぎたくなるような台詞だ。しかし、それだけで終わらず、斑目はさらに言葉を重ねる。

「大丈夫だよ。先生が感じると、きゅっと締まりやがる。名器だよ」

「んぁっ」

「褒めてるんだぞ。名器だ」

「やめ……」

「今締まったぞ」

「……ぁあ」

「恥ずかしいと感じるんだな、先生は」

次々と羞恥を煽る言葉を注がれ、これまで以上に敏感になってしまう。

「もっと、はしたない躰にしてやる」

言うなり、斑目は坂下の腕を取ると、自分の上に跨《またが》らせた。力が入らず、促されるまま斑目と向き合った格好になる。それだけでも十分恥ずかしいというのに、斑目はさらに坂下の左膝を抱え上げ、奥深いところまで侵入してくる。

「あぁ、あ、あっ、……斑目さ……」

「辛いか?」

「……駄目で、す……、苦し……、……ひ……っ、……く」

そんなに奥まで入ってこないでくれと訴えるが、斑目は聞いてはくれない。

しかし、それは一方的なセックスではなかった。坂下の奥に隠された本音を見抜いているからこそ、強引に行為を進めているのだ。

「苦しいだけか?」

そして、本人ですら自覚していない気持ちを引きずり出してくれる。

「あっ」

「辛いだけか？」

「ぁ……、……っく、……んぁ、あっ、ぁあっ」

「本当は、気持ちいいんだろうが。こんなに垂らしてんのに、嘘をつくな」

これが証拠だとばかりに屹立の先から溢れる蜜を指で搦《から》め捕《と》られながら、白状しろと急き立てられる。まるで、尋問だ。

けれども、男の色香に溢れた獣に問いつめられると、自分の嘘を認めずにはいられなくなる。斑目相手に、誤魔化しなど通用しない。

すべて暴かれるのも、時間の問題だ。

「どうして欲しいんだ？」

坂下は、なんて憎らしい男だろうと思いながら、斑目の背中に指を喰い込ませた。

「もっと、突いて欲しいんじゃないのか？　ん？」

「……突いて、……ほし……、い……です」

坂下は、ついに本音を吐露した。

苦しくて、息ができなくて、楽になりたいと思っているのに、もっと奥を突いて欲しいと願っているのだ。ようやく見つけた自分の本音を晒け出さずにはいられない。

「もう一回言ってくれよ」

「突いて、ください。……奥、……突いて……、――ぁあっ！」

暴走する自分を止められなかった。獣と化した斑目を受け止めながら、もっと突いてくれと、はしたない部分を見せてしまう。

「や……、……ぁ……、ぁあっ」

「ずっと、俺だけのものだ」

「ぁあ、あ、あっ、……そこ、……っ、……そこ……っ」

坂下は、我を忘れて何度も懇願していた。よくって、あまりによくって、斑目が何を言っているのか、すぐには聞き取ることができない。

ただ、求めるたびに自分の中の斑目がいっそう隆々とするのはわかった。

「もう、二度と誰にも触れさせたりしない」

「……っ、斑目、さ……」

「もう誰にも触れさせたりしない」

ようやく聞き取れた言葉に、胸が締めつけられる。

克幸のことを言っているのだろう。

やはり、気にしないでいられるほど悟ってもいないらしい。だが、見せつけられる独占欲は坂下の心を満たした。いつも余裕を持った男が、嫉妬心を隠せずに自分を突き上げてくる姿は、心を蕩けさせる。

斑目ほどの男をこんなふうにするのだ、自分は——そんな思いの中で貪る悦楽の味は、たまらなく甘美で癖になる。優越感と愛《いと》しさと喜びとが混ざり合い、言葉では形容できない気持ちでいっぱいになる。

「斑目さん、もっと突いてくださ……、もっと、……お願、……っ」

気持ちが昂ぶってしまった坂下は、恥ずかしげもなくそんな言葉を口にした。そして、自分をここまではしたない男にしてくれる斑目の肩に歯を立ててやる。

「痛ぅ……」

きつく噛みすぎたのか、斑目の口から苦痛の声が漏れた。しかし、これは斑目に対する仕返しだ。謝ろうとはせず、どんな顔をしているのか見てやる。

「先生に、こんなワイルドな一面が、あったなんてな」

間近で見る獣はなんて美しいのだろうかと、うっとりと見つめた。

はっきりとした二重。日本人離れした鼻梁《びりょう》。厚めの唇。そして、剃り残された髭。顎の輪郭や全体の骨格など、どこを取っても賞賛の言葉しか浮かばない。いつも口説《くど》くのは斑目の方だが、惚れ込んでいるのは自分なのかもしれないと思った。

もう一度目と目を合わせると、自分に見惚れる坂下に斑目は苦笑してみせる。

「どうした、先生」

そう聞かれてもなお、黙ったまま見つめ続ける。

そうだ。こんな表情が好きなのだ。大人の男が困ったように笑ってみせる表情に、魅力を

感じる。

「ふ……、……ぅん、んんっ」

唇を重ねて、互いを貪り合った。舌を絡ませ、何度も角度を変えて唇を吸い、唾液を交換するように濃厚に口づける。その間も、斑目は坂下の腰を揺すり、奥を突き上げてくる。

目尻から、涙が伝って落ちた。

「ぁ……、もう、……イき、そ……」

「俺もだよ」

再び布団の上に寝かされたかと思うと、膝を肩に担ぎ上げたまま、リズミカルに奥を突き上げられ始めた。これまで以上に逞しい腰つきに、前後不覚になる。

声を抑えきれなくなった坂下は、斑目の下で髪を振り乱して注がれる愉悦を貪った。たったの一滴すら零すことなく、すべて味わいたい。

「んぁあ、……はぁ……っ、あ、あ。……ぁあっ」

「……っく、……先生っ」

「――んあぁ……っ」

パタパタ……ッ、と微かに音がして、胸板に白濁がほとばしったのがわかった。自分の匂いが鼻を掠める。もう何度目だろうか。

一晩の間に、こんなにイかされるのは初めてで、半ば放心状態で躰を放り出していた。そして、ゆっくりと体重を乗せてくる斑目の躰を両腕に抱き、力を籠める。息をあげている背中が上下しているのが、たまらなくいとおしい。

「斑目さん……」

「なんだ?」

どうして名前を呼んだのか、自分でもわからなかった。言葉で何かを伝えようとしたわけではない。単に、自分の呼びかけに答える斑目の声を聞きたかったのかもしれない。

「いえ。なんでも、ないです」

「そうか」

斑目も坂下の気持ちはわかったようで、それ以上何も言わず、そのまま互いの体温を感じていた。


翌朝、坂下は斑目の腕の中で目を覚ました。

色気のないせんべい布団に無精髭の不良オヤジ。そして、躰に残る疲労と斑目の感覚。

清々《すがすが》しい朝に、なんて似合わないんだろうと思いながら、寝ている時が一番平和な野獣が起きないうちにと、こっそり布団を抜け出して脱ぎ捨てられたパジャマをなんとか身につける。

しかし、後ろに残る斑目の感触に顔をしかめ、しゃがみ込んだ。さすがに、ああも長々と行為を続けていれば、腰にくる。しかも、斑目が言った台詞が不意に思い出され、坂下は恐る恐る下着の上から蕾に触れてみようとした。

けれども、怖くて確かめられない。

(ゆ、ゆるゆるって……ゆるゆるなのか、俺のあそこは)

坂下が感じるときゅっと締まる、なんてことを言われたが、やはりあの台詞は気にせずにはいられない。とんでもなくすごいことになっていそうだ。

そしてその時、足首を摑まれる。

「!」

「おい、まだ早いだろう」

「起きてたんですか?」

「今起きたんだよ。何やってんだ?」

「べ、別に……っ」

「もう少し俺と布団の中でいちゃいちゃしよう。俺の朝勃ちしたフェアリーに挨拶したいんなら、起きてやってもいいが」

朝っぱらからくだらないことを言う斑目に、返す言葉がすぐに見つからない。しかも『いちゃいちゃしよう』だ。若い男女ならまだしも、無精髭のオヤジともう若いとはいえない寝癖のついた貧乏医者だ。

坂下からすれば見るに耐えない光景だが、あそこがどうなっているのか確かめようとしたことがバレては困ると思い、斑目に背中を向けてもう一度布団に戻った。

すると、待ってましたとばかりに後ろから腕を回され、耳元に顔を寄せられる。

無精髭の生えた顎が、耳朶に触れた。

(うう……)

男である自分を抱いているのは、柔らかくていい香りのする女性の腕ではなく、無精髭の生えた肉体派のオヤジのそれだと思うと、たまらなく照れ臭くなる。

坂下はしばらくの間、背中に斑目の体温を感じながらじっとしていた。昨夜の疲労が再び眠りを誘うが、耳元に寄せられた斑目の唇と、まだ完全に収まっていない朝勃ちした股間が気になって完全に意識を手放すことはできない。

「なぁ、気になるか?」

突然聞かれ、坂下は飛び起きると斑目に抗議した。

「わざとやってるんですか。もう、そういうセクハラはやめてくださいよ」

「セクハラ?　なんのことだ?」

「へ？」

「克幸の愛人をどうやって寝返らせたのかってことを言ってたんだが……。やっぱりフェアリーが気になってたのか？　これでも、押しつけねぇように気は使ってたんだがな、デカすぎて無理だったか。デカマラは罪だなぁ」

自分の勘違いが恥ずかしかった。

自慢げに反省され、調子づいたエロオヤジは放っておくに限ると、また背中を向ける。気にならないといえば嘘だが、ここで教えてくれというのは斑目をさらに調子づかせるだけである。

「別に、教えてくれなくってもいいですよ」

「じゃあ、先生にはナイショにしとこう」

「……っ」

まさか、こういう展開になるとは思っておらず、坂下は小さく唸《うな》った。こうなると、是が非でも知りたくなるのが人間の心理というものだ。ただの弱点ではなく、克幸を破滅に追い込みかねないほどの材料を斑目たちに教えてくれたのである。

なぜ、そこまでしてくれたのか、気になるところだ。

そして、坂下の想像力は、以前の斑目の言動により、真夏の青空に現れる入道雲のように、もくもくと膨れ上がっていく。

『なぁに。俺のフェアリーを見せれば一発よ』

本当に、フェアリーを使ったのかもしれない――いつの間にか坂下まで『フェアリー』呼ばわりしていることに気づきもせず、そんな疑いをかけてしまう。

その時、自分を抱く男の躰が小刻みに震えているのに気づく。振り向くと、笑いを堪えた斑目と目が合った。

「ちょっと、何を笑ってるんですか」

「素直じゃねぇなぁ」

「教えてくださいよ」

ふて腐れて小さく言った坂下に、斑目はようやく真相を明らかにしてくれる。

「あれから双葉となぁ、あのバーテンの周りを嗅《か》ぎ回ったんだ。どこからどんな手で攻めたら勝算があるのか、情報を集めたんだよ。そしたらな、あのバーテン、アルマジロ獣人の熱狂的マニアだってことがわかった」

「アルマジロ獣人？」

聞いたことのない単語に、坂下は首を傾《かし》げた。

「なんですか、それ」

「大昔に打ち切りになった戦隊モノに出てくる怪獣らしい。はじめは敵だったが、失敗してボスに殺されそうになったところを助けられて仲間になったんだとよ。アルマジロの怪獣みたいなもんだ。結構可愛かったぞ」

坂下は、数回瞬きをしてみせた。

怪獣のフィギュアとクールなバーテンダーの取り合わせが、どうしても想像できない。

あのクールで妖しげな雰囲気を醸し出している男が、打ち切りになった戦隊モノに出てくる怪獣のために、克幸を裏切ったのだ。ああいったものは、一日中パソコンの前に座っているようなタイプが欲しがるものだと思っていた。

いや。あの湯月という男は、仕事場ではあんな雰囲気を醸し出しているが、いったん家に帰るとビン底メガネをかけてパソコンに張りついているのかもしれない。休みの日は風呂にも入らず、ひたすら画面を見ながらネット上の友達とチャットなんてものをやっているのかもしれない——。

坂下の偏見も、なかなかである。

「オタクってのはわかんねぇな。あんな人形のためにヤクザの恋人を裏切るなんてな」

「度胸がありますよね」

「ま、克幸の愛人でいることに嫌気が差したって可能性もあるがな。タイミングがよかったんだろうよ」

確かにそうだ。

あの男も、思うところがあったのかもしれない。克幸の傲慢《ごうまん》さを思い出すと、納得できる部分はある。

「でも、そんな貴重なフィギュアをどうやって手に入れたんですか？　高かったでしょう？　よく見つけられましたね」

まさか、とんでもない借金でもしているのではないかと、急に不安になった。斑目なら、そのくらいのことはしそうだ。今度は別のヤクザと対決することになるんじゃないかなんて、ろくでもない想像をしてしまう。

「双葉だよ」

「え？」

「双葉の昔の知り合いに、そっちに精通してる奴がいるってんでちょっくら頼んでみたんだよ。そしたら翌日にはブツが届いた」

「どういう知り合いなんです？」

「さぁな。あいつはわかんねぇところがあるからな」

「確かに、双葉さんって謎《なぞ》ですよね」

マグロ漁船に乗っていたこともある青年は、まだまだ隠し弾を持っていそうだ。

今度こっそり聞いてみようと、心に決める坂下だった。

『せんせぇ〜』

その時、外から声が聞こえ、坂下は急いで布団から出るとメガネを装着してから窓の下を覗いた。すると、双葉と数人の男たちが手を振っている。

「今日はどうしたんですか？　早いですね」

「実は昨日パチンコで大当たりしたんで、みんなを連れてきたんっすよ。先生にもお土産ありますよ～」

重い腰を手で押さえながらもたもたと一階に下りて中に招き入れると、双葉が持っている紙袋の中には、酒のつまみになる乾き物と坂下が吸っているタバコが一カートン入っていた。

「わ、ありがとうございます！」

双葉の大当たりを聞きつけたのか、診療所の一大事を乗り越えた街の連中が、ぞくぞくと集まってくる。待合室はあっという間にオヤジでいっぱいになった。

「やー。やっぱりここはいいわい。おお、なんで斑目がおるんじゃ」

「今度こそ、ストレッチに専念できるな」

「今日もがんばるぞー」

がんばりどころが間違っていると言いたいが、相変わらずの連中に囲まれていると顔が自然にほころんだ。子供のようにはしゃぐオヤジたちは、坂下にとって清涼剤であり元気の素でもある。

「ところで先生」

「なんです？」

「ゆるゆるってのを気にしてんのか？」

「！」

耳元で囁かれたかと思うとニヤリとされ、言葉に詰まった。やっぱり見抜いていたのかと、今まで知らぬ顔を決め込んでくれた侮れない大人をジロリと睨む。

「大丈夫だよ。名器って言っただろうが。先生の括約筋は半日も経てばもとに戻る」

「か……っ、括約筋とか言わないでくださいよっ」

なんてことはない言葉だが、あんなに愛された後に言われると、どんな卑猥語よりも恥ずかしく聞こえる。斑目もそれを承知しているのだろう。わざと耳元に唇を寄せて、意味深に囁く。

「なんだ、括約筋が恥ずかしいのか？　変な単語に反応するんだな」

「斑目さんの言い方の問題です」

「先生の括約筋……まぁ、想像すると卑猥だな」

「括約筋括約筋って言わないでください」

「かつやくきん？　なんの話じゃ」

二人の内緒話を聞いていた連中の一人が、興味深そうな顔をした。途端に視線が集まり、返す言葉に困るが、別の男が陽気な声をあげる。

「活躍する筋肉っつったら、チンポコじゃろうが！」

「なるほど！　チンポコか！　確かにあの時は活躍するもんな！」

「チンポコが活躍できるのは海綿体のおかげです。筋肉じゃありませんよ」

冷静に突っ込んでやると「ぎゃはははは……」と笑い声があがった。つい釣られて「チンポコ」なんて言ってしまい、完全に染まりつつあるなと反省する。

けれども、染まってもいいと思える場所だ。陽気な連中にも、そして斑目にも……。決して口には出さないが、愛すべき場所と愛すべき人たち。

大事な宝物だ。

「どうした？」

「べっつにぃ〜」

自分の気持ちを悟られるのは恥ずかしく、坂下はわざと明後日《あさって》の方を向く。そして、大きく伸びをしながら、身支度を整えに二階に戻って診察の準備を始めた。

今日も、騒がしい一日が始まる。

あとがき

労働者街BL第三弾です。

オヤジのいいところと言えば、汗臭そうだったり足が臭そうだったり下品だったり無精髭が生えていたり変なところにあるホクロから毛が生えてきたりそのくせ頭のてっぺんの毛がさみしくなってきてそれを密かに気にして育毛剤をこっそり塗ってみたり実は水虫持ちで風呂上がりにこっそり水虫薬を塗っていたりオヤジ同士で童心に返ってきゃっきゃと遊んでいたり幼馴染み同士で子供の頃のあだ名で呼び合っていたり奥さんの尻に敷かれていたり娘に「お父さんのパンツと私の洗濯物を一緒に洗わないで！」と怒られてへこんだり……かわゆい生き物なんです。ええ、多分。

こんにちは。もしくははじめまして。中原一也です。

相変わらず小汚いオヤジが大好きなのですが、今回もオヤジ満載で大満足でございます。オヤジばっかり書いているからか、最近は自分のオヤジ化が進んで大変です。

このところのお気に入りは、家に近くにある焼肉店で肉が焼けるまでオイキムチでビールをグィッと一杯やることです。

ビール最高！　オイキムチ最高！

人生終わっているような気がします。

そんなわけでお世話になった方々にお礼です。

挿絵を担当してくださった奈良千春先生。毎回素敵なイラストをありがとうございます。先生の描かれるオヤジはオヤジオヤジしていて大好きです。

それから担当様。いつもご指導ありがとうございます。またこれからも作品についていろいろと相談に乗ってくださいませ。

そして最後に読者様。こんなわけのわからんあとがきにまでつき合っていただき、ありがとうございます。やっぱりビールにはオイキムチですよ！

みなさんもぜひ、今年の夏はオイキムチでビールをグィッといっちゃってください。

そしてぜひ、私と一緒にオヤジ化の道を！（なんのこっちゃ）

中原　一也

中原一也先生、奈良千春先生へのお便り、
本作品に関するご意見、ご感想などは
〒101-8405
東京都千代田区三崎町 2 - 18 - 11
二見書房　シャレード文庫
「愛されすぎだというけれど」係まで。

本作品は書き下ろしです

CHARADE BUNKO

愛《あい》されすぎだというけれど

【著者】中原一也《なかはらかずや》

【発行所】株式会社二見書房
東京都千代田区三崎町2-18-11
電話　03(3515)2311[営業]
　　　03(3515)2314[編集]
振替　00170-4-2639
【印刷】株式会社堀内印刷所
【製本】ナショナル製本協同組合

落丁・乱丁本はお取り替えいたします。
定価は、カバーに表示してあります。

ISBN978-4-576-10085-2

http://charade.futami.co.jp/

CHARADE BUNKO

スタイリッシュ＆スウィートな男たちの恋満載

中原一也の本

そんなに恥じらうな。歯止めが利かなくなるだろうが。

愛してないと云ってくれ

イラスト＝奈良千春

日雇い労働者を相手に日々奮闘している医師・坂下。彼らのリーダー格・斑目は坂下を気に入り、何かとちょっかいをかけていたのだが…。日雇いエロオヤジと青年医師の危険な愛の物語。

「愛してないと云ってくれ」続刊！

愛しているにもほどがある

イラスト＝奈良千春

労働者の街で孤軍奮闘する青年医師・坂下は、元・敏腕外科医でありながら、その日暮らしを決め込む変わり者・斑目となぜか深い関係に。そこへ医者時代の斑目を知る美貌の男・北原が現れて――。

CHARADE BUNKO

スタイリッシュ&スウィートな男たちの恋満載

中原一也の本

大股広げた女より、お前の方がいい

ワケアリ

イラスト＝高階 佑

むくつけき男たちが押し込められた隔絶された世界。欲望の捌け口のない船の上、船長の浅倉は美青年・志岐の謎めいた笑顔に潜む闇に、厄介ごとの匂いを嗅ぎ取るが…。

俺のところへ来い。可愛がってやるぞ

闇を喰らう獣

イラスト＝石原 理

美貌のバーテンダー・槙に引き抜きを持ちかけたのは、危険な香りを漂わせる緋龍会幹部・綾瀬。闇に潜む獣を思わせる綾瀬に心乱される槙は、綾瀬の逆鱗に触れ、凄絶な快楽で屈辱に濡らされ……。

CHARADE BUNKO

スタイリッシュ＆スウィートな男たちの恋満載
中原一也の本

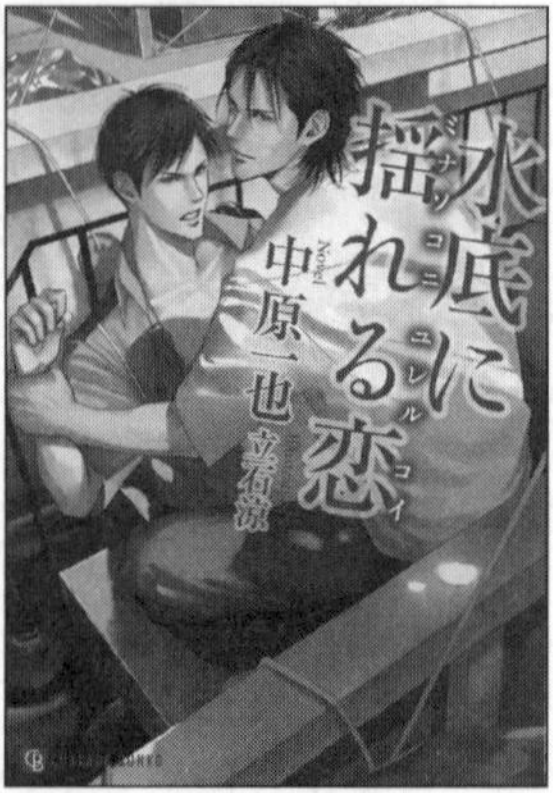

水底に揺れる恋

お前を、ずっと、汚したかった——

イラスト＝立石 涼

ストイックなまでに男らしさに拘る高田は、幼馴染みの志堂に強いコンプレックスを抱いていた。東京の大学へ行き、警察官となり十年ぶりに故郷に戻ってきた高田は志堂と気まずい再会を果たす。会えば喧嘩ばかりの二人だが、時折見せる志堂の熱い視線に、かつて一度だけ重ねた唇の感触が蘇り…。